ベノム 2
求愛性少女症候群

城崎
原作・監修：かいりきベア

口絵・本文イラスト●のう
原作・監修●かいりきベア

◆プロローグ

休日。

部屋にずっといるのもなんだかなと思って、リビングにいた。

けれどすることは部屋と変わらず、スマホの画面とにらめっこするだけ。

本当は課題をしなきゃいけないんだけど、イマイチやる気になれないまま午後になってしまった。

まぁ、夜から頑張ればいいや。

なんなら、明日一気にやれば終わるだろう。明日も休みだし……。

土曜日の今日くらいは、ゆっくりしててもいいだろう。

今はまだ両親が仕事でいないから、勉強しろとも言われないし。

そんなことを思いながら、裏アカのタイムラインを眺め続ける。

絶えず刺激的な話題が飛び交うそこは、いつまで見ていても全く飽きない。

むしろ幅広い世間の深いところまでを知れるから、自分もすごくなっているような気がする。

言いようのない、特別感がある。人が知らないことを自分だけが知ってる優越感、みたいな？

……ってことを以前ナナとエリムの前で言ったら、『錯覚じゃん？（ですよ）』と鼻で笑われた。ナナはともかく、エリムにもそんな風に返されるとは思わなくて、かなり心にダメージを受けたから覚えている。

それ以来、自分がすごいとは思えなくなってしまったから少し切ない。

私はすごくないいんだよって、毎回ナナとエリムに指摘されてるみたいな……。

いやいや、いくらなんでもそれは考え過ぎ！

タイムラインを見て自分をすごいと思うのは錯覚かもしれないけど、私がすごいかすごくないかはまだ決まったわけじゃないし……。

そんなことで葛藤しつつも、タイムラインを眺めるのはやめられない。

けど、ちょっと目が疲れてきちゃったかも。

一回休憩したほうがいいかな。

「って、え？」

タイムラインから視線を外していた時、突然、目の前を人が横切っていった。

その勢いといったら、まるでスライディングのようだった。

いや、どういう状況⁉

「な、なに……？」

驚く私の目の前にいたのは、テレビの前で正座を始める弟。

おお、流石《さすが》運動部……と思ったけど、よくよく考えたらバスケ部だから関係ないじゃん！

ってていうか、あれ？　今日は部活じゃないんだ。

毎週土日も部活を行う熱血部活！ってイメージだったんだけど、どうやら違うらしい。

「テレビ見てる？　見てないよね？」

混乱している私を無視して、問いかけてくる。

問いかけというより、決めつけといったほうが正しいだろう。

目が怖いし。

「み、見てないけど」

っていうかそんなキチッとした姿勢で見ようとしている時点で、私が見てたとしてもチャンネル権奪われてそうなんだけど。

もし見てたら私、どうなってたんだろう……。

「じゃあ今から俺がテレビ見るから。嫌だったら部屋戻ってよ。……ちゃんと言ったからね？　後で文句とか言わないでよ？」

そう言い切ると私から顔を逸《そ》らし、弟はテレビを点けた。

「何見るの？」

「うるさい」

「あ、姉に向かってうるさいってなんなの！」

ただの興味で聞いただけなのに！

抗議するけれど弟はこちらに目もくれず、リモコンでお目当てのチャンネルに切り替える。

静かだったリビングに、一気にバラエティ番組特有の明るい音楽が響く。

「あ、懐かしい」

聞き慣れた音楽に、口から思わず言葉が出てくる。

「中学の時はよく見てたな、これ」

有名お笑い芸人が司会を務める、工場見学などの学習を主体としたクイズ番組だ。

私が見てた頃には平日の夕方放送だったはずだけど、いつの間にか休日の昼放送になっていたらしい。どうりで最近早くに帰っても見かけなかったわけだ。司会の人も、今流行《はや》っている若いコンビ芸人さんに替わっている。私は前に担当していた、落ち着いた声で話す芸人さんも好きだったんだけどな。

やっぱり、流行には乗っていかなきゃいけないんだろう。

「……」

「でも本当に、なんでいきなり？」

『今日のゲストは、この方！』

その時テレビには、人気映画の主演を務めたことで話題になった女優さんが映っていた。

そういえばこの弟、その作品を映画館に見に行ったとか言っていたような。好きなのかもしれない。

「この女優さん目当てなの？　かわいいよね、分かるー……」

うんうんと頷《うなず》いていたら、ドンと床が鳴った。

肩が震える。

弟が、床を殴った音だ。

すごく手が痛そうだなんて思わせないほど、鋭い眼光でこちらを見てくる。

怖い。

「次に喋《しゃべ》ったら、お金貰《もら》うから」

「はい……」

目がガチだった。

それだけ、この人が好きってことなんだろう。

部活に熱心に打ち込めて、憧れの芸能人もいて。

明るい性格だからきっと学校では色んな人に慕われてるんだろうし、それが重なって告白とかされちゃったりするんだろうなぁ。

まさに私が理想とする学生生活を送っている弟が、ちょっとだけ憎らしく思えた。

……本音を言えば、すごく憎らしい。けれど、ちょっとだけだと思わないといけない。

だって家ではＳＮＳを頻繁に見て時間を潰している私と違って、弟は努力をしてるんだから。

部活で帰ってくるのが遅いのにもかかわらず、勉強だってちゃんとやってるみたいだし。

それなのに嫉妬するのは違うだろう。

……ちゃんとやれば、私もまた報われるんだろうか。

そんな気がしないのは、どうしてだろう？

『そういえば、最近アナタ求愛性少女症候群を発症したんですってね？』

そんな中、聞こえてきた単語に驚く。

まさかこんなところで、症候群の名前を聞くことになるなんて。

発症した人は、一体誰なんだろう？

もしかして……。

テレビ画面に映っているのは、弟が目当てにしていたゲストの女優さんだ。

少し恥ずかしそうに頷いている。そして、ややあってから詳細を話し始めた。

『実は、先月から普段の私なら喋らないようなことまで喋るっていう現象が起きてるんですよ。意味分かんないですよね、本当に。マジ勘弁って感じで……』

え、この女優さんまで患ってるの？

少女っていう歳《とし》には、全然見えないけど……。

やっぱり、年齢に関係なく発症するものなんだろうか。

『たしかに、以前共演した時には『マジ勘弁』とは言わなそうな雰囲気でしたよ。そっちが素ですか？』

『素……かもしれないですね。いや、どうなんだろう？　最近ずっとこんな感じで己を見失い続けてるので、もはや分かんないです！』

堂々とした迷走発言に、周囲では小さな笑いが起こる。

しかし私にとっては、全然笑える内容じゃなかった。けど、一番笑えないのは女優さんだ。どうしてこの人は、笑いながら症状について話してるんだろう？

何が面白いの？

『やっぱり、症状には困っていますか？』

『そうでもないですよ。自分を見直すキッカケになりました。それに、テレビで話す機会が増えたというのも大きいですね。私はその、口ベタなので』

『いや、そうは見えないですけどねー！』

芸人さんがツッコミを入れたところで、女優さんを含めた周りの人が笑う。

それを私は、どんな顔で見ているんだろう。

少なくとも、彼らのように笑顔ではないはずだ。だって、全然笑えないんだもん。

それどころか、悔しくて泣いてしまいそうだ。

なんでこんな気持ちにならないといけないんだろう。

苦しくてたまらない。

そう思ったところで、一旦CMになった。

笑い声が途絶えたことに、ひとまず安堵《あんど》する。

けれどこのまましばらく待っていたら、また同じ話題で盛り上がるかもしれない。

心の中に、黒々とした嫌な感情が漂う。

それが抑えられないことが怖くなった私は、急いで自分の部屋へ逃げ込んだ。

ベッドに寝転がり、自分を落ち着かせるように深呼吸をする。

それでもまだ黒い感情は収まらなくて、頭の中がぐるぐるする。

本当にあの人は、症候群にかかっているんだろうか？

かかっていないのにかかっているだなんて嘘《うそ》を言っているんなら、意味が分からなくて気持ち悪い。それを面白がっている周りだって怖い。

私は症候群にかかってから、ずっと苦しいのに。症状だって苦しくなるし、そのせいで周りと上手《うま》く接することが出来ないのも苦しくなる。

ずっと、ずっと苦しんでいる人がいるのに、笑いものにするなんて……！

「世の中は不公平だ……」

ひねり出した言葉は、才能とか可愛《かわい》さに対する嫉妬みたいで、余計に嫌になった。

そういうのじゃない。もっと、人としての何かだ。

しかしその何かが分からずに、ベッドの中でしばらくうなっていた。

時々、ごろごろと転がる。

そうこうしているうちに、怒りは落ち着いてきた。

けれど途端に、私の器が小さいだけなのかもしれないと不安になってきた。

それこそ本当に、才能や可愛さに嫉妬しているだけなのかも、しれない？

「いやいや」

そんなことはないはずだと思い、同じものを見て同じように思った人はいないかを調べるためにSNSを開く。

もちろん、裏アカのほうだ。こっちのほうが、反応しやすい。

表のほうだと、間違えて反応したものが他の人のタイムラインに流れちゃうかもしれないし。

それは困る。

そんなわけで調べようと思ったんだけど、開いた瞬間にとある名前が目に入って調べるのをやめた。

りんだ🐻……ナナの裏アカだ。画像付きで、何かを呟《つぶや》いている。

『美味《おい》しい♪』

「わ、本当に美味しそう……！」

画像はバナナクレープだった。

クレープを包んでいる紙を見るに、最近話題になっているキッチンカーで購入したもののようだ。

「いいなぁ……」

いつか行ってみたいとは思ってるんだけど、キッチンカーの停《と》まっている場所が行動範囲から遠いから、なかなか行けずにいる。

ここも多分、この近辺からは遠いところだろうし。

きっとナナは行動力があるから行けるんだろうなぁ。

いいなぁ……。

そう思いながら、ふとナナの投稿をさかのぼってみる。

すると、最近の投稿には露出している画像が少ないことに気付いた。

さっき見た画像みたいに、最近食べたらしい物の写真が多くなっている。

たまに上がっていたとしても、以前のように見ただけで恥ずかしくなるほどの過激さはないような……。

ど、どうして……？

前は学校ですら撮影場所にして、過激な写真を撮っていたくらいなのに。

滅多《めった》に人が来ない屋上だとしても、万が一ってことがあるだろうに。

本当にビックリしたけれど、あれが共犯関係として話すきっかけになったわけだし……

良いとも悪いとも言い切れない。

ああやってわちゃわちゃしていたのがほんの少しでも楽しかったのは、確かだし。

それにしても、一体どういう心境の変化なんだろう。

ナナは目の前にいると表情が変化して分かりやすいように思えるけど、それでも彼女の心の内は一切読み取れないから何にも分からない。

もしかして、本命と上手《うま》くいったのかな？

だからこそ、アカウントを消そうとしているとか？

消しづらいって言ってたし、露出することは控えて続けているのかもしれない。

しばらく経《た》って踏ん切りがついたら消す、みたいな。

あり得ない話ではないだろう。ナナって可愛《かわい》いから、男子も放っておかないだろうし。

「……んー」

そこまで考えておきながらなんだけど、違う気がする。

ナナはきっと本命の人と結ばれたら、即座にアカウントを消すだろう。

自分が不特定多数に向けて露出した画像を見せているという事実自体を、残してはおかないはずだ。

確信はないけれど、直感的にそう思った。

なら、本当に一体なんだろう。

……うーん……。

「考えてもしょうがないか」

SNSに露出した画像を載せようなんてことが思い浮かばない私に、ナナの考えが分かるわけがない。

考えるだけ、時間の無駄だろう。

それに彼女が露出したってしなくたって、私には何の影響もないのだ。

強いて言えば危険な目にはあってほしくないけど、彼女ならその辺はきっと大丈夫だろう。心配するだけ、無駄かもしれない。

一度そんな風に自分を納得させて冷静になると、ナナの投稿の画像を見つめ続けていた自分がすごく恥ずかしく思えてきた。

わ、私にそんな趣味はないし！

ナナの投稿から逃げるように、タイムラインを大きくスクロールする。

すると、今度はエリムのアイコンが目に入った。

彼女は相変わらず、両親に対する愚痴を長々と綴《つづ》っていた。

毎回長文なところに、ものすごいイライラを感じる……。

『神様は残酷だ。妹にばかり才能を与えた。私にも、何か一つくらいくれたっていいのに。どうして何もくれなかったの？』

呟《つぶや》きの中の一つに、自然と目がとまった。

「分かる……」

これには、共感が止まらない。

才能については、私も常々思っていることだ。

私はエリムみたいに両親から弟と比べられたりはしていないから恵まれているほうではあるけど、残酷なことだと思う。家の中でも自分にはなんにもない現実を思い知らされる、っていうか。それがすごく嫌で仕方がない。

これでエリムのようにあからさまに比べられていたら、たしかにイライラもマックスになってしまうだろう。

彼女がこんなにも長文でイライラを書き殴っているというのも、納得だ。

というかエリムって、名前が貼り出されるほど成績がいいんじゃなかったっけ。

エリムとナナの二人と話し始めてから行われたテストの時に、わざわざ確認しに行ったから覚えている。本当に成績上位者は成績が貼り出されるんだという驚きと、本当に二人の名前があるという驚きを味わった。

……それなのに敵《かな》わない妹さんって、どれだけ優秀なんだろう。

もしかして、エリムより幼いのに飛び級かなにかで大学生とかなのかな？

そんなの、絶対敵わないじゃんか。

全然条件は違うだろうけど……私ならその時点で、良い成績を取ることも何もかも諦めてしまうかもしれない。

敵わないのに争っても、余計に自分が虚《むな》しくなるだけだろうし。

それでも敵いたいと努力し続けているエリムは、たくさん褒《ほ》められていいんじゃないかなぁ……。

努力し続けることだって、すごいことのはずだ。

それなのに、どうして認めてくれないんだろう。それどころか、ずっと厳しいらしいし。

あんまり大きな声では言えないけど、悲しいことだな……。

「はぁ……」

そう思うと、何にもないのは私だけのように思えてきた。

むなしさで、ため息が出る。

彼女たちと『共犯関係』を通して交流をしている時は、そんな風に隔たりを感じることはなかった。だけど、今になって私の存在は場違いだったんじゃないかという思いが頭をよぎってしまう。

だからこそ二人の症状と違って、私の症候群は解決に至ってないのかもしれない。

そう思うと、すごく苦しくなる。

けれど、それならそれで仕方ないと諦めることも出来た。

私は、私なりにやっていくしかないんだ。

いつか、解決するはずだと信じて。

「いや……」

もしかして、隔たりを感じているのは、ずっと私だけなんだろうか。

バレー部の時も、共犯関係も。ただ私が勝手にそう思っているだけで、実際はそんなこと誰にも思われてなかったりするのかもしれない。

……だとしたら、どうだっていうんだろう。

確かめようがない以上、どちらともとれない。

勝手に期待してあとで本当に隔たりがあると実感してしまうより、最初から隔たりを意識して生きていたほうがずっと楽だ。

落ちていくボールを目で追いかけた日からずっとそう思って生きてきたから、それ以外の考え方が出来なくなっているとも言えるけど……。

「まぶしっ」

そうこう考えている間にも時間は過ぎて、窓から射《さ》す西日に照らされる。もうすぐお母さんが帰ってきて、課題はしたの？ってしつこく聞いてくるんだろうな。

あ……そういえば、今回はすごくめんどくさい課題があるって田中《たなか》さんが言ってたような気がする。田中さんがめんどくさいと言う程の課題だ。私にはどうにもならないものだろう。

最初から、やる気が出てこない。

課題がどれだけ終わってなくても、月曜日はやって来てしまう。

そして、学校に行って提出しないといけない。

提出出来ないと、怒られる……。

……ダメだ。気分が沈んできた。

嫌なことばかり考えていたせいか、頭も痛いような気がする。

タイムラインを追うのもやめて、スマートフォンをそばに置いた。

「なんで私、こんなに色々上手《うま》くいかないんだろう」

その問いに答えてくれる人は、いなかった。

◆肌色誇示少女のあれから

あ、待って⁉

この角度めっちゃ良くない⁉

こりゃもう自撮って、このキセキを残しておくしかないっしょ！

それくらい、貴重な出来の前髪だ。もしかしたらここ最近では、一番かもしれない。自然と輝いてるように感じる。もちろん気のせいなんだろうけど、そのくらい嬉《うれ》しい。

毎日こうだったら、もっと嬉しいんだけどなー。そしたら前髪が決まらなくて遅刻しそうになる、なんて間抜けなこともなくなるし。家と学校が近いにもかかわらず遅刻しそうになるの、ホントに笑えない。

でもでも、決まらない時は、何やってもホントに決まらないんだよねぇ……。

そんなことを考えながらも、自分にインカメを向ける。うん、こんなカンジかな。

パシャッ。

構図にしばらく悩んだけど、どうせアタシしか見ないんだからと思ってある程度大雑把《おおざっぱ》なものにした。

大雑把な構図でも、撮るとより一層いいカンジだ。惚《ほ》れ惚《ぼ》れする。

それもこれも、アタシの元々の顔が良いっていうのが大きい。
産んでくれた両親には、マジで感謝しないとね。
写真は時々見返して、前髪を整える時の参考にしよう。
でも、昨日は何もやってないはずなのにこんなに綺麗《きれい》になるなんて思わなかった。
普段のお手入れが、実はアタシの髪質に合ってないのかもしれない……？
今回の方法はかなり良いと思ってたから、めっちゃショックだ。
また新しい方法探さないと。
面倒だけど、やらないワケにはいかない。
読モとして久しぶりにモデルを任される日が、迫ってきてるし。
……そう考えると、思わずニヤけてしまいそうになる。
読モとしての仕事を任されるのが嬉しいのは間違いない。
面倒くさがらずに、帰ってからじっくり調べてみよう。
スマホをポケットに入れて、玄関先に置いてある小型の鏡で更なる最終確認をする。
よしっ！　今日もアタシは、最高に可愛《かわい》い！
「いってきまーす！」
いってらっしゃいの声を背中で聞きながら、玄関を出る。
今の時期は、穏やかで暖かい気候だから好き。

四季の移り変わりも自撮る時のシチュエーションの一つになるから好きだけど……過ごしやすさを考えると、一年中ずっとこの気候だったらいいのにとか思う。

ついでに、雨がそんなに降らないとめちゃ嬉《うれ》しい。雨降ると髪がうねって最悪だしね。

ま、そんな絶対にあり得ないことはおいといて。

ノリで勢いよく飛び出してみたはいいけど、まだ時間に余裕はある。

無理せずに、ゆっくり歩いて学校に向かう。

ただ歩いているだけじゃつまんないから、最近では好きな曲を聞きながら登校することにしてる。

今日聞いてるのは、今イチバン気に入っているバンドの新曲だ。あり得ないくらいカッコイイから、自然と鬼リピしてしまう。これで何十回目になるだろう？

「……あ」

四リピ目の半分くらいまで聞いた時、昇降口の前にいつも話している子たちの姿を見つけた。しかもクラスメイトだから、声をかけておいたほうがいいだろう。後から無視されたって思われてもメンドくさいし。

名残惜しいけどイヤホンを取って、アタシのほうから声をかける。

「おっはよー！」

先手必勝！

伊達《だて》に周囲にドン引かれてた状態から持ち直したワケじゃないし！

「あ、ナナちゃん。おはよう」

「おはよ。朝から元気だねー。何かいいことあった？」

「そう！　よくぞ聞いてくれました！」

「え、本当にいいことあったんだ」

「うん。実はさ、今日めっちゃ前髪がよしよしよし子さんなんだよね。どう？　分かる？」

「んー……？」

「よしよしよし子さんっていうのがまず分からないんだけど」

あ、思わず造語を作ってしまった。そりゃ伝わんないよ！　てへっ☆

「前髪がすごく綺麗《きれい》に仕上がってるってコトだよ！」

「……うん。ごめん、分かんないかな。分かる？」

「前髪が仕上がるって言葉からまず分かんないや」

「えー！　なんでよー」

そう言ってわざと大げさに残念がるフリをすると、二人は申し訳なさそうにしながらも笑ってくれた。

分かんないって向こうが言うようなコトを笑いに変えられるアタシは、間違いなくすごいんだから！

とかなんとか誇りながら、そのまま一緒に教室へ行く。

二人はどうやら小テストについて話してたっぽいので、上手《うま》いことそれに交ざった。テストに何が出るかという二人の話を聞き流す。っていうかテストあったんだ。まぁアタシなら大丈夫だろうけど。

ふんふんと相づちを打ちながらも、内心では前髪が仕上がっているのを分かってもらえないことをかなり残念に思っている。ここまで綺麗《きれい》になることなんて、滅多《めった》にないし。それに家を出てからまだ時間も経《た》ってないから、アタシが絶賛するくらいの綺麗な前髪を見せたはずなのに。反応が薄味にもほどがある……。

けれど、そんなものなんだって割り切る。人は案外、他人のことをしっかり見ていない。それはもちろん、アタシを含めてだけど。正直アタシも他の人が前髪仕上がってるとか言ってきても、分からないと思う。

そんな些細《ささい》な変化に気付くのなんて、かなりのヘンタイっぽいしね。

「おはよー！」

教室に入りながら、クラスメイトに挨拶をする。聞こえていただろう子たちからは、大体返事がある。

挨拶し始めたばかりの頃はまばらに返ってきていたことを思うと、本当に溶け込めているんだなと思えて嬉《うれ》しくなった。

「ナナちゃん！　待ってたよ！」

自分の席についた途端、喜び勇んでってカンジでやって来る子。

最近よく話している、真偽はさておき様々な情報を持っている女の子だ。

真偽はさておきというか、偽のほうが多いことに最近気付いてきた。

万が一にマジだったとしても、そんなのその人のことよく見れば分かるじゃん！みたいなことしか言わないし。

だから、そろそろ別の情報源を見つけたほうが良いかもしれないと思い始めている。

「おはよー。朝からどうしたの？」

そうは思いつつも、もしかしたら先輩の周辺にまつわる情報を持ってきてくれたのかもしれない。だとしたら嬉しいかも。最近そっちのほうの情報が全然追えてないから、知らないことが増えているかもしれないし。

……いや。情報を対価にいつも勉強教えてるような子だから、今日も教えてもらいたいところがあったのかもしれない。

だとしたら、ただアテにされてるだけだから嬉しくもなんともない。

むしろウソの情報で人に勉強を教えてもらおうって傲慢さはどうにかしてほしいくらいだし。

どうにかしてくれてたらいいんだけど。

「昨日出された課題のここが、どうしても分からなくてさ……」

「あ、そうなんだー」

声色が低くならないように気をつけながら、返事をする。

「ナナちゃんさえ良ければ、教えてくれないかな……？」

やや眉を落としながらあざとく首を傾《かし》げて、こちらに問いかけてくる。

期待に反して、予想通りにアテにされているだけだった。

内心で舌打ちをしながらも、そうだとは悟らせないような顔を作り続ける。

「おけおけ。ちょっと準備するから、向こうの席で待っててよ」

そう言えば彼女の顔は、ぱっと明るくなった。

「うん、分かった。お願いね！」

「はいはーい」

荷物を今日の日課表に合わせて机の中とロッカーに入れながら、これで良いんだと自分に言い聞かせる。

教えるのは面倒だけど、ここで断ったらまたビッチ扱いされてハブられてしまう。

それじゃあ、困る。

一人でテキトーに生きていく分にはそれでいいけれど、先輩に好かれたいと思っているアタシは、もうそういうワケにはいかない。

先輩に対して、しっかりアピールしようって決めたんだから！

そのためにもまずはしっかりした人間性を持っていることをアピールしなきゃと、身の振り方を変えてみた。

そういうワケで、人並みにクラスメイトときちんとした交流をし始めたのだ。

最初はただ挨拶するだけでも、ありえないくらい警戒されていた。何度こんなに可愛《かわい》い子にすることじゃなくない？と思いながらマジ泣きしそうになって、その涙を押し殺したか分からない。

それでも、内心で思っていることを悟られないように毎日欠かさずに笑顔で挨拶をした。

さらにクラスの面倒な役割を自ら率先してやるなんかの地道な努力を重ねた結果、模範的な女子高生となることに成功した。

時々ノリでビッチと言われることは未《いま》だにあるけれど、それにも笑って返せるようになった。

今では、本心から思っている人は少なくなっているだろう。

そうだといいなっていう願望もあるけどね。

全部が全部ウソのアタシってワケじゃないけど、皆に愛想がいいアタシは間違いなくウソだ。それなのに短期間でこうも信じられてるから、もしかして名俳優になれちゃうかもしれないって最近は思ってる。

いやー、この調子だと来年の賞レースは総ナメかな？

読モから一気に飛躍して、ナナちゃんの天下到来ってカンジ？

「お待たせー」

「すっごく待ってた！　あのね、ここがどうしてこうなるのか、解説読んでも分からなくって」

「あぁ、これね。これは最初見ると難しそうに見えるけどね、コツさえ掴《つか》めれば簡単に解けるよ」

……なんてね。

天下取れる人間がヒトの顔色なんてイチイチうかがうワケないじゃんって、分かってるんだけどね？

人に言わなければ、何を考えていたっていいはず。

○

ついにやってきた、読モとして一つの特集を任される日！

前日には心配と期待が入り交じって眠れるか不安だったけど、普段からシンデレラタイムには間に合うように寝ているからか、自然と眠りにつくことが出来た。

やっぱ普段の習慣って、こういうところに出てくるんだよねー。

「久しぶり！　今日はよろしくね！」

「よろしくお願いします！」

挨拶を済ませてから用意されていた衣装に着替えて、撮影に挑む。

久しぶりに浴びる、たくさんのフラッシュ、フラッシュ、フラッシュ！

これこれ！

心の中で、大きく万歳をする！

「すごくいい感じ！　別のポーズももらえるかな？」

「はい！」

誌面に載って大勢にチヤホヤされるのがアタシの最終目標だから、この時点で満足するわけにはいかない。

そう頭では分かっているけれど、この時点で満足しそうなくらいの興奮が湧き上がってきていた！

以前よりもずっと、写真を撮られるのが気持ちいい！

自然と、こういうポーズをすればいいんじゃないかっていうのが思い浮かんでくる。

男子と遊んでいる時にする上目遣いや照れた顔を演技でしていたからか、コロコロと表情も変えることが出来る。

アタシのレベル、すっごい上がってるじゃん！

カメラのフラッシュを浴びなかった期間を考えれば、久しぶりなせいで体が動かなくてもおかしくはないだろう。でも、感覚的には昨日もこうしていたような気がする。

そのくらい、自然と体が動いていく。

アタシってやっぱり、天才なんじゃないかな!?

実は、モデルになるために生まれてきたのかもしれない。

そう思ってしまうくらい、脳内ドーパミンが出ているのをすごく感じる。

ヤバイ、楽しすぎる！

ついでに心の底から、目に浮かび上がるハートマークが消えて良かったと思った。

消えてなかったら、こんな風にテンションが上がることもなかっただろう。

女子高生という華の時代に誌面に載ることが出来ないなんて、考えるだけで恐ろしい。

もう症候群なんて、まっぴらだ。

「いやぁ、すごいね！　久しぶりだから不安に思ってたんだけど、久しぶりだからこそっていうのかな？　ずっと写りが良くなってる気がするよ！」

撮影を終えたカメラマンさんが、そう言ってくれた。

「そうですか？　ありがとうございます！」

これはお世辞なんかじゃなくて、本心だろう。

アタシが見る限りでは、嘘《うそ》をついているようには見えない。
っていうか向こうも向こうで、どこか興奮しているように見える。
もしかして、アタシに惚《ほ》れたとか？　いやー困っちゃうな！
それくらい良かったって自覚はある。けど、そういうのはこっちから願い下げだ。
アタシはあくまで、自分の実力でもっと輝きたいんだから！
そして注目されたい！
もっとチヤホヤされたい！
しかしその願いは、あっさりと叶《かな》ってしまった。
なんとアタシの写真が、表紙を飾ることになったという連絡が入ってきたのだ！
『本当ですか！　ありがとうございます!!』
思わず二度見してしまい、返信がやや遅れてしまった。そのくらい嬉《うれ》しい。
あまりの嬉しさに、そのメッセージを何枚もスクショしたくらいだ。
スクショのどれを見直しても同じ内容が書いてあり、嘘ではないのだと思わされる。
「あーヤバッ!!」
嬉しい！
すごく嬉しい！
今から発売日が楽しみだ！

今回は、どのくらいの反応がもらえるんだろう？
「あ、でも……」
水着じゃなくても、ちゃんと反応がもらえるだろうか。
前回は水着だったから普段見ないような層にまで刺さって、反応をもらえてただけって
いうのも、なくはないかもだし……。
実際裏アカでは、そういった投稿にしか反応しない人も多い。
それはそれで嬉《うれ》しいけど、でも、不安にはなる……。
ううん！
アタシならきっと、沢山の好反応がもらえるはず。
だって、求愛性少女症候群とかいうよく分からない症状も乗り越えられたんだもん！
きっと大丈夫！

○

そして、待ちに待った発売日。
もちろん、普通の平日だ。
いくらアタシが雑誌に載っているからって、学校を休むわけにはいかない。

そろそろ親を呼ぶぞと、脅しにも近いことを言われたのも記憶に新しいし……。

本当ならすぐにアタシが載っている雑誌を手に入れたいところだけど、学校に行く前に寄れるような本屋は近くにない。

仕方ないから、本屋には放課後になってから行こう。

エゴサはスクショする手が止まらないコトを期待しているから、帰ってからゆっくりしようかな。皆も同じくらいに帰って読むだろうし。

そんなことを考えながら、内心のワクワクを隠しつつ登校した。

「あー！　ナナちゃんやっと来た」

「おはよう！　待ってたよナナちゃん！」

「おはよー！　って、朝からテンション高いね？　どうしたの？」

教室に入ると、どこか興奮した様子の子たちに声をかけられる。

また課題かなにかの分からないところを聞かれるのかなと思ったけれど、今日の子たちは雰囲気が違った。どう見ても提出する課題が終わらなくて焦っている様子じゃない。

あ、机の上に広がってる本が教科書とか参考書じゃない。

代わりに広がっているのは、女子高生向けのファッション誌みたいだ。

なるほど。この子たちは、余裕を持って朝を過ごしているみたい。

優秀なのは何よりだ。毎日頼られてたら、疲れるしね。

ん？　だとしたら、何でアタシを待ってたんだろう？

って、あれ？

「それ、今日発売の……？」

それは明らかに、アタシが読モを任せられている雑誌だった。

しかも今日発売だから、アタシが表紙の……。

「そう！」

「これ！　もしかしてナナちゃんじゃない⁉」

一人の子が、雑誌を手に取って話しかけてくる。

その雑誌の表紙には、この前撮影されたアタシが載っていた。

「わ……！」

自分が表紙に載っているというのは知らされていたけど、それでも本当に堂々と載っていて驚いてしまう。

アタシ、超イイじゃん！　改めて見ると、やばみが強い。

「そうそう！　これアタシ！」

「だよねー⁉」

「合ってた！　良かったー」

「なんで分かったの？」

「いや、分かるよ！　ね？」

「うんうん！　分かる分かる！」

すごく楽しそうな様子の女の子たちを見ていると、何だかこちらまで楽しくなってくる。

っていうか、まさかリアルでも反応があるなんて思ってもいなかった。

SNSでの反応しか期待していなかった分、こういう反応を前にするとドキドキする。

「マジかー！　嬉《うれ》しいかも」

しかし、気になることがある。

「でもこの雑誌って今日発売なのに、よくこの時間に手に入れられたね？」

「ウチの近くに本屋があってね、そこでいつも学校来る前にこの雑誌買ってるんだ」

「なるー」

どうやら、熱心な読者さんらしい。

「そんで学校に来てから皆で見るんだけど、今日は表紙に同級生が載ってるじゃんか⁉

すごいビックリしちゃったよー！」

「写りめっちゃ良くない？　ポージングも決まってるし！」

「服もめっちゃ似合ってて可愛《かわい》い！」

「お、おう……ホメすぎ？　的な？」

言われたい言葉を一気に浴びて、アタシは恐れおののく。

文字で同じくらい褒《ほ》められても『ありがとー』くらいのカンジでしかなかったけど、リアルだとそこに声色とか表情、テンションなんかが入り交じってすごい。

いや、正直その熱量はちょっと引く……嬉《うれ》しいのは嬉しいけど。

「謙遜しなくてもいいのにー」

「そうだよ、すごいことだよ！」

「あ、ありがとう」

えーと……この子たち、アタシの脳が見せてる都合のいい幻覚とかじゃないよね？

確認のためにバレないように手のひらを引っかいてみると、ちゃんと痛みを感じた。

どうやら、現実で間違いないらしい。

エゴサをする前から、アタシはしっかりと褒められてしまった。

……というか、SNSにこれ以上褒めてくれる人はいるんだろうか？

いや、おそらくいないだろう。

だというのに、最初からこんなに飛ばした褒めを浴びてしまっても良いんだろうか？

そこは少し、不安になってしまう。

ま、アタシは大勢からチヤホヤしてもらえればそれでいいんだケド。

めいっぱいの言葉を尽くしてほしいワケじゃない。

ただただ可愛《かわい》い！とかの言葉だけでも、充分嬉しいしテンション上がる。

……いや、そんなことない！

やっぱりここがいいとか、この子じゃないと！みたいに特別に扱ってほしい！

こんなに可愛《かわい》いんだもん！

褒《ほ》め称《たた》えられたって、おかしくないくらいだよね！

それに、そういうSNSの評判が次に繋《つな》がっていく時代なワケだし。

褒めすぎなんてないくらいだ。この子たちくらいの褒めを求めたって、おかしくないはず。

「ナナちゃん？　どうしたの？」

名前を呼ばれて、我に返る。ちょっと一人脳内会議で盛り上がり過ぎちゃった。

「ごめん、ぼーっとしてた」

「あはは、うれしすぎ？」

「あ、まぁ、そんなカンジ」

ちょっぴり恥ずかしくて、言葉を濁してしまう。

それからしばらくは、他の特集に出てきている服の話なんかをしていた。

どれが欲しいとか、これは似合わないかもとか、そういうカンジで。

でも朝の時間は短いから、すぐにHRになる。

担任が今日や今週の予定を連絡するHRの間もアタシの頭の中には、褒められたという事実だけが残っていた。

熱量はともかく、嬉《うれ》しいのは嬉しい。

だからその日は、一日中気分が良かった。

誰に何が分からないと言われても、掃除を手伝ってほしいと言われても、久しぶりにビッチネタでいじられたとしても受け入れられた。

……流石《さすが》に、三人くらいからチヤホヤされたくらではそこまで聖人にはなれない。

最後のはイラッときて、言ってきた相手の弱点らしい噂《うわさ》を適当に言いふらしたけど。動揺してたから、本当なのかもしれない。

どうやら、たまにはあの子の情報も役に立つらしい。こういう時に役に立つのじゃなくて、もっと先輩に近づけるようなことが知りたいんだけどなぁ……!?

そんなカンジで、長い一日が終わった。

いつもより情報の密度が高かったような気がする。ちょっと疲れた。

それでも、帰る時に雑誌を買うのは忘れない。

アタシの前にも買う人がいたから、心臓が変に高鳴って大変だった。

偶然にもほどがある。カミサマのイタズラかな？

帰ってからは、既に準備されていた夕ご飯を早めに食べて部屋に戻った。

スマートフォンを手に、エゴサを始める。

流石に表面上は匿名のＳＮＳだから、何人かは否定的な意見をぶつけてきていた。

……何人かというか、これは実質一人な気がする。

もしかして、粘着されているとか？

気になったのでよく調べたら、それは同じく読モをしている子の裏アカから発信されているものだった。

「ヤバ……」

嫉妬乙と返信したくなるのを堪《こら》えて、何も手を出さない。

ここで下手にヘイトを買うのは悪手だ。面倒ごとを起こしたら、何の企画も回ってこなくなるかもしれない。そうなると困る。

そもそもアタシが嫉妬されるくらい可愛《かわい》いのが悪いんだけど。

でも、他にも何かしたかもしれないし……更衣室で道を塞いだ、とか？　そういう細かいことでも、気にする子は気にするだろう。

小さくても、面倒ごとの種はなくしておかないといけない。

さて、どう対処するのがいいかな？？

読モに復帰出来た今は、そんなことを考えるのすら楽しく思えてきたからフシギだ。

○

読モに復帰した以外にも、ここ最近で起きた大きな変化がある。

それは、男子から積極的に遊びに誘われるようになったことだ。

今までは遠目からちょっといやらしい視線を向けられていただけだったから、ちょっと意外だった。

話しかける勇気あるんじゃん、っていうか？

やっぱりいいこちゃんな見た目のほうが、近寄りやすいってことなのかもしれない。

見た目を変えるだけで態度が変わるなんて、人間って簡単っていうか、単純っていうかさ……。

こっちとしてはめっちゃ好都合なんだけど、言い表せない気持ち悪さもある。

とはいえアタシとしても、アタシが好きだっていう思いを隠せてない人と過ごせるのは都合がいい。

男子の大まかな傾向が知れるから先輩とのアレコレの対策にもなるし、向こうの感情を動かすような表情や仕草を試せるのはモデルの仕事に繋《つな》がるかもしれない。

だから、誘いには乗ることが多い。

場合によってはおごってもらえるし、暗くなってたら家まで送ってもらえるしで、メリットが多いからね。

それに、やっぱり可愛いって思ってもらえるのは嬉《うれ》しい。

時々いやらしい視線を向けてくる奴《やつ》もいたけど、それよりもずっとピュアな人が多いことに嬉《うれ》しさを感じた。

本心までは見えないから、アタシがそう感じてるだけかもしれないけどね。

もっともアタシは先輩一筋だから、全部遊びなんだけど！

向こうは可愛《かわい》い子と一緒にいられて、アタシは自尊心を満たされる。

デートのおまけみたいなカンジでプラスアルファとして色々してもらったりもするけど、基本的にはウィンウィンな関係だから悪くないはずだ。

そんなことを考えているうちに、いつの間にか放課後になっていた。

「お待たせしましたー」

「ありがとうございます！　これ美味《おい》しいから、早くのもー！」

「う、うん」

そして今日もまた、同級生の男子から遊びに誘われたからノってあげた。

放課後になってから、一緒に果物を使ったジュース屋さんに来ている。ここはまだ大きな話題にはなってないけど、SNSの口コミで列を伸ばしつつあるお店だ。きっともうすぐ、長蛇の列が出来るだろう。そうなると困るから、今のうちに来ておく。

「んー！　やっぱり美味しい！」

色んな果物が口の中を通り過ぎていくカンジが、ありありと伝わってくるから好きだ。

「本当に美味しいね」

しかし肝心な彼はいつもより低いテンションになっている上に、なんだかそわそわしている。どうしたんだろう？

「なにかあった？」

「あー……あのさ」

「うん」

言いづらそうにモゾモゾしている態度に若干イライラするけれど、急《せ》かすことなく彼の言葉を待つ。

もしかしたら、可愛いの言葉が恥ずかしくて言えないのかもしれないし。

そうそう。これまでも遊んできたけど、ほとんど可愛いって言ってもらえてないのは、この人が恥ずかしがり屋なだけ。

じゃなかったら、このアタシを前にして可愛いの言葉が一つもないなんておかしい。可愛いって思ってるから、遊びに誘ってるハズだし。だから、恥ずかしがり屋なだけ。今までにも、こういう言いづらそうにしてる場面ってあったはずだし……あれ？　それってこの人だっけ？　もしかしたら、別の人かもしれない。記憶が曖昧だ。

まぁ、それだけの人と遊んでるからしょうがないとも言える。

っていうか、いくら何でも長い間口ごもりすぎじゃない？

いい加減、何とか言ってほしいんだけど？

「……そんなに言いづらいことなの？」

言葉はしおらしいけど、さりげなくボディタッチを試みる。

ここまでしたら、好きですの一つくらい言ってくれるよね？

「あのさ」

「うん」

ようやっと、向こうの口が開く。

「そのハートマークどうしたの？　そういうカラコン？」

その言葉に、一瞬だけ嫌な顔をしてしまったかもしれない。

そんな顔、出来るだけ人前ではしないようにしているのに。

でも、嫌な顔くらいするだろう。

ハートマークが目にあるってコトは、またあの症候群を発症してるってコトになるんだから……。

よりによって、どうして人といる時に浮かんでくるのかなぁ！

家にいる時になってくれたら、まだマシなのに。

けれど、それで彼のここまでの態度に対する疑問も晴れたし、なんかいつもよりも人に見られてるっていう感覚が間違いじゃなかったことも分かった。

女の子からも見られてたのは、驚かれたか引かれてたかなんだろう。

なんとか笑顔を保ちながら、どうしようか考える。

とりあえず、いちいちアレコレ話すのは面倒だし……。広められないっていう保証もないから、すごく厄介だ。まずアタシとデートしたって仲間内で言いふらすのは確定だろうし。内緒だと言ったところで、あんまり意味はないだろう。

まぁ、こんな名前もよく覚えてないヤツに最初から話すつもりもないんだけどね。

「そんなことよりさ、ちょっと手伝ってほしいことがあるんだけど」

しょうがないから、強引にでも話題を逸《そ》らすことにした。

出来るだけ肌が密着するように手を繋《つな》ぐと、相手は驚いて声をあげる。

それと同時に体を思いっきりのけぞらせたせいで、危うく向こうが持っているジュースがこぼれそうになった。

アタシにかかったらどうすんだと思いながら、ギリギリのところで容器を支える。

「もー！　危ないじゃんか！」

「だ、だ、だって、いきなり近づいてくるからさ」

「え？　嫌だった？」

浮かべるのは、あからさまに落胆した表情。

スッと腕を放して、さらに距離も置いてみた。

するとこうは、おろおろとアタシの顔と腕を交互に見てくる。

何か言いたげだけれど、言うのが恥ずかしいのか顔を真っ赤にしている。

「嫌なら悲しいけど……もうジュースも飲めて今日は満足したし、アタシは帰っちゃおうかなぁ？」

言いながら、立ち上がる。

「ま、待って！」

呼ばれて、振り向く。

意を決した顔から、言葉が出てくる。

「い、嫌じゃないから。むしろ嬉《うれ》しいっていうか……」

「えー？　ほんとー？」

「ほ、本当だよ！」

「それならいいんだけど！」

笑顔に戻って、彼のそばに座り直す。良かったと小声で呟《つぶや》いてるのが聞こえる。

どれだけ必死なんだろうと、ちょっと笑ってしまう。

こういう反応は、新鮮で面白い。だから毎回と言っていいほどにやってしまう。

けど、ここまでの反応は中々ないから、ちょっと感動。

「そ、それで、頼み事ってなに？　やっぱり何かあった？」

心配そうに、こちらをのぞき込んでくる。

ふと見えた彼の瞳に映るアタシの目からは、ハートマークが消えていた。

え、なんで？

今回のは、こんなにすぐ消えるものなの？

そう思わなくもなかったけど、今は消えたっていう事実のほうが大事だ。

内心で安堵《あんど》しながら、彼と改めて腕を組む。

「もう一軒寄りたいところがあるんだけど、いいかなぁ？」

猫なで声、上目遣い、肌の密着。

ここまでされておきながら断れる人は、修行僧か何かだろう。

「わ、分かった。飲み終わってから、行こうか」

「うん♪」

彼はただの男子高校生なので、もう少しアタシに振り回されてくれるはずだ。

○

次の休日。アタシはまた、男子に遊びに誘われていた。

今日の相手は、ちょっと厄介だ。

そう、男子から遊びに誘われることは、決して良いことばかりじゃない。

そりゃあいいことばっかりだったらいいのにと思うけど、そう簡単じゃないのが現実だ。

「あ、またハートマーク出てるよ」

目の前のコイツは一見しただけでは気が弱そうに見えるけど、全然そんなことはない。

「え？」

「撮るよー」

その瞬間、フラッシュが向けられた。

パシャッ。カメラのシャッターが切られる大きな音。

コイツのスマホで、アタシが撮られた音だ。

そうなることは分かっていたから、避けようと思えば避けられたのかもしれない。

けど、それはそれで面倒なことになりそうだからやめておいた。かといってただ一方的に撮られるだけっていうのもムカつく。綺麗《きれい》に撮ってくれるワケでもないから、余計に。

「ほら」

画面をこちらに向けて、瞳にハートマークが浮かんでいるアタシを見せてくる。

うっわ、写りサイアクすぎる。

ブレブレで、ハートマークが浮かんでいるかも目を凝らしてやっと確認できるくらいだ。

「……！」

あまりにも酷《ひど》いから、思わず声が出そうになった。出なくて良かったけど……。

でも、こんなのが世に残るとかあり得ない。

しかもこんな人間の手にあるって、なんの拷問？

「ホントだ……言ってくれてありがとう」

脳内ではメタメタに言ってても、現実で言うワケにはいかない。

あーあ、ため息も出ないんだけど。

「どういたしまして」

満足そうな目の前の顔が、とんでもないくらいムカつく。

法に問わないから蹴っていいよって言われたら、力の限り蹴りまくるだろう。

これまでのことも積み重なって、かなりムカついている。

「……確認したから、消してもらっていい？」

それだけイラつきながらも、冷静なアタシを褒《ほ》めてほしいくらいだ。

「こういうのは、記録に残したほうがいいんだよ」

「帰ってから、自分でやるから」

「いつも帰る頃には消えてるから、今撮っておかないと」

全然引き下がらない様子が、逆にウケてきた。いや、全然ウケないけど。

「そ、そっかー……それもそうだね……」

これ以上何を言っても、聞き入れてはくれなそうだ。

本人の合意なく行うのがマジであり得ない！

コイツはコイツで、アタシの役に立ててると悦に入ってるみたいだし。

不快だと何度訴えても、冗談としてしか受け取ってくれない。

誰が撮っていいって、許可出してるんだろう？

もしかして、何か聞こえてたりするのかな。

だとしたらヤバすぎだから、然《しか》るべき機関でしっかりと対処してほしい。

アタシの手に負える人じゃない。

「妹もかかってるんだけどさ、こうやって経過観察をつけてるんだ。だからか、最近良くなってる」

「そうなんだ」

何回も聞いた話だ。

けれど妹さんの症状を聞いたことがないし見たこともないから、本当に良くなっているのかも分からない。ここまでくると、妹さんがいるって話すら疑わしいくらいだ。

「うん。だから、大好きなナナちゃんにも良くなってほしくって」

「ありがとう」

何についての、ありがとうなんだろう。我ながら意味が分からない。

「良くなるといいなって思うよ」

それは、きっと本心だ。いつも言われていることで、いつも嘘《うそ》をついているようには見えない。

けど、良くなるためにもそろそろこの人自体と縁を切ったほうがいい気がする。

これ以上、面倒くさいことになるわけにはいかないし。

「それでさ、いつになったらナナちゃんって俺以外の男子と遊ばなくなるの？」

そうと決めたら先に帰ろう。

そんなことを思った矢先に、とんでもないことを言われてしまった。

え？　何？　どういうこと？

理解が追いつかずに、しばらく唖然《あぜん》としてしまう。

『俺以外の男子と遊ばなくなるの？』という言葉の意味は分かる。

自分以外の異性とは遊んでほしくないと、暗に言っているんだろう。

付き合いたての高校生カップルなんかが、よく言うやつだ。

けれど今、目の前の人間はそれをアタシに言ってきた。

意味が分からない。

だって、アタシたちはただ遊んでいるだけの関係だ。

その言葉を言うとしたらそれ以上の……恋人関係になっていないとおかしい。

この人、もしかして……？　いや、そんなまさか……。

「おーい、だいじょうぶー？」

目の前でそんなことを言われながら手を振られて、ようやく意識を目の前の人に戻せた。

……戻したくはなかったけど、このまま何も言わないのも良くないだろう。

「えーと……それって、どういうこと？」

アタシの言葉に、男の口が憎たらしげに歪《ゆが》んだ。

「どういうことじゃないよ。言葉の通りでしかない」

「そうだとしたら、尚更《なおさら》ワケが分からないよ。アタシたちって、ただの友達じゃんか」

「俺はそうだと思ってないよ」

男がすかさずといった様子で、強引にアタシの手を握った。

妙に汗かいてる。

ヤバい。あり得ないくらいに気持ち悪いよぉ……！

「そうだと思ってたら、こんなに真剣に君のこと考えたりなんかしないよ」

アンタの目に映ってるアタシはこんなに嫌そうなのに、なんでそれも分からないのに『考えてる』とか言えるワケ？

バカバカしい。

「俺はこんなにナナちゃんのためを思って尽くしてるのに、どうして何も返してくれないわけ？」

うわ、うわうわうわ、うっわ。

最悪なのに、捕まってしまった。

どうしよう。早くなんとかしないと。

このままじゃ、大変なことになる気しかしない……！

アタシの頭の中には、ただただ困惑が広がっていた。

○

それからどうやって帰ったのか、よく覚えてない。

よくアレから逃れることが出来たと、我ながら感心する。

すごすぎ。マジに頑張った。えらい。

帰ってからは、ひたすら手を洗った。

無心で洗い過ぎて、手が真っ赤になってしまって困った。

何かに触るたびに痛くなってしまうから、もしやこれがルルの症状……？と、やや感動したりもした。いや、ルルが無機物相手には痛くならないっていうのは分かってるけど、それでもそれっぽいし……。

そんな風に現実逃避しなければならないほど、今日の男には困り果てていた。

完全にアタシのことを恋愛対象として見てしまっているし、なんならもう恋人として意識してしまっているように見える。

なんでそんな認識になったんだろう？

どっちも告白すらしてないのに。

欧米諸国なら告白がないというのはごく自然なことらしいケド……あいにくと、ここは日本だ。関係の確認も含めた告白がないとおかしい。

というか、その告白が大事なんじゃん？

シチュエーションとかタイミングとか告白にまつわるすべてで、その人の深いところも知ることが出来るんだし。

……他の人は知らないけど、少なくともアタシはそう思っている。

だから告白すらないあの男は、アタシ的には論外でしかない！

出来ることなら、今すぐにでもあの男との関係を切りたいくらいだ。

「はーぁ……」

こんなことにならないような人間を選んで遊んでたつもりだったんだけど、どうやらそう上手《うま》くはいかなかったようだ。アタシの見る目がなかったってことで自業自得でもあるけど……それにしたってサイテーだ！

最悪な人間から、好意を抱《いだ》かれている。

どうしてこんなことになるんだろう。

アタシは一途《いちず》に、先輩のことを想《おも》い続けているのに……。

……うん。

これについては、一部から反論が返ってくるかもしれない。

そりゃあ端《はた》からただ見ていたら、アタシはとんだ尻軽だろう。それらしい行為はしていないとはいえ、色んな男子と遊び歩いてるんだから。

噂《うわさ》は本当だったたんじゃんと、言われてしまうかもしれない。

けれど、アタシは一途なんだって主張する。

だって今やっている男子との遊びは、全部先輩と付き合い始めてからするデートの練習なんだから。

そう、練習。

運動部だって文化部だって、練習して技術を磨いていく。

なんなら勉強だって、受験に向けての練習みたいなものだろう。

それらと、なにも変わらない。

だから、色んな男子と遊んでいるからってアタシの一途さが変わることはない。

むしろ、先輩ならきっとこういう時も素敵な対応をしてくれるんだろうなっていう、期待が積み重なっていくだけだ。

そう。あの出来事があってから、アタシが好きなのは先輩だけ。

それは、これからも変わらない。

……ああ、うん。分かってる。

そう主張すると、きっと今度はこんな疑問が飛んでくるんだろう。

『まだ付き合ってないのに、どうして付き合ってからのこと考えてるの？　虚勢張って苦しくない？　つらくない？』と。

その気持ちは、分からなくもない。普通の子が相手だったら、アタシだってそう言って地に足をつかせようとするだろう。

でもそんな忠告、アタシにとってはただのお節介でしかない！

だってそうじゃない⁉

アタシは、こんなにも可愛《かわい》いんだよ！

告白が失敗するほうがおかしくない⁉

むしろ向こうから告白されててもおかしくないくらいなんだけど……？

……ホント、何でされてないんだろう。

そりゃあ多少は好みの領域があるだろうけど、それでも幅広い範囲に受け入れられる顔立ちをしていると思っている。

だって、可愛いのは間違いないし。

スタイルだって、そんじょそこらの人間に負けるはずがない。むしろ平均よりもずっと上だっていう自負がある。

それでも現状に慢心しないで日々のケアも欠かさずやってるから、常に可愛い存在であり続けられているはずだ。

そして足りなかった人当たりの良さも、何とか努力してカバーしてきている。

となると、やっぱり付き合ってからのことのほうが心配になってしまうのも無理はないだろう。距離が近づいたところで幻滅っていうのは、ない話でもないし。

むしろ毎日頑張っているからこそ、気が抜けた時に何かをやってしまう可能性だってある。

……そんなことに嫌悪を示すような先輩じゃないはずって思っていても、怖くて仕方がない。だから出来る限り下手なことをしないように、気をつけようとしている。

そんなカンジで努力してるっていうのに、遊びを本気にしてくる男が現れるなんてあり得ない。

一体、何の仕打ちだっていうのか。

流石《さすが》のアタシでも傷つく。

ここまでのこと、一人じゃ抱えきれそうにない。

かといってこんなこと、下手な人間に相談するわけにもいかないし……。
「あ」
そこでアタシは、二人の人物を思い浮かべた。
同時に、口元に笑みが浮かぶのを感じる。
彼女たちが相手なら、話したって問題ないだろう。むしろうってつけかもしれない。
そう思い、早速メッセージを送る。
『明日の放課後、屋上に来てほしいんだけど、どう？』
送信ボタンを押す。
するとすぐに、一人の既読がついた。

◆後天性病弱少女の観測　一

「助けてよ、ルル―――！」

「ええ……」

昨日の夜のこと。

なんと久しぶりに、ナナから連絡が来たのだ。

最近はスタンプすら送られてきてなかったから、珍しくて気になった。何だろうと開いてみると、そこには今日の放課後に屋上へ来てほしいと書かれていた。

なのでHRが終わってから屋上に来てみたら、ついた途端にナナから泣きつかれてしまったのだ。

右の腕に、ナナがピッタリとくっ付く形になっている。

何これ？　どういう状況？　不思議な状況に、理解が追いつかない。

「まず、ナナが私に泣きついてくる理由が分かんないんだけど……」

「えーんえーん」

「えーんえーんって言葉に出す人、初めて見た……」

いくらなんでも、嘘《うそ》泣きが下手過ぎる……。

よく見たら、涙に色が付いているし。

どうやら、目薬で泣いていると見せかけているようだ。これも本当にする人がいるなんて、思いもしなかった。なんだか、ナナらしくて微笑《ほほえ》ましい。

……いや、ここは邪悪って言うべきなのかな？

けどナナがそこまでして助けてほしいことって、一体なんなんだろう。

「……でも、なんで私に相談するの？　ナナって最近、色んな人と一緒にいるじゃんか」

女の子とも、男の子とも一緒にいるところを頻繁に見かける。

それなのにどうして私に頼ってきたのか、全く想像もつかない。

一人で充分みたいな顔してたはずなのに色んな人と交流してるのがちょっとムカつくので、邪険にするような口調で言ってみる。

「それとこれは別」

けれど彼女はそんな私のことなど構わずに、話を続ける。

「なんでよ」

「また症候群の症状が出てきたの」

えっと、口から驚きの声が出てきた。

だって、ナナの症状はこの前出なくなったんじゃないの？

「また……？」

「そう、また」

こちらを見つめてくる彼女の目には、ハートマークはなかった。

けれどその真剣な瞳が、嘘《うそ》ではないのだと訴えてくる。

「症候群に関する話なんて、ルルとエリムにしか出来ないじゃん」

「……それもそうだね」

私とエリムの二人にしか出来ないと言われ、当てにされているのは分かっているけど、それでもちょっと嬉《うれ》しくなってしまう。

だって周りにいっぱい人がいるのにもかかわらず、私に頼らざるを得ないのだ。

頼られるのは、やっぱり嬉しい。

それがたとえ、症候群のことだとしても。解決出来るか分からないとしても。

「じゃあ、エリムは？　呼んでないの？」

「連絡つかない。無視されてるのかも」

「そっか……」

一応解散したといえば解散したようなものなので、反応するもしないも自由だろう。

私は思わず反応してしまって、エリムは反応しなかっただけだ。

そこに対して、文句を言うことは出来ないだろう。

私にだって、反応しない自由はあったわけだし。

とりあえず、ナナと並んで腰を下ろす。

「今は出てないよね？　いつ出るの？」

「男子と遊んでる時とか」

すごく引っかかる言葉に、言葉が詰まる。

ナナが見る度に違う男の人といるっていうのは、最近すごく気がかりだった。

それも友達っていう感じじゃなくて、もっと距離の近い関係に見えるものだ。

だから疑問に思ってたんだ。ナナがスフレを作ってあげたいって言ってた人は、一体どうなったんだろうって。

もうその人とは、終わっちゃったのかもしれない。

だとしても色んな人と遊んでるっていうのは、見ていて不安になる。

なにか変なことに巻き込まれないのかなとか、もう一途《いちず》じゃなくなっちゃったのかなとか……そういうことが頭に思い浮かんでしまう。

友達っていうわけじゃないから本来ならどうでもいいはずなのに、一度ナナのことを知ってしまった以上は考えずにはいられない。

聞きたいことではあったけど、今そこに触れていいのか判断出来なかった。

だから、症候群の話を続ける。

「そんなにピンポイントなの？」

「……言われてみれば、ピンポイントな気がする。しかもずっと現れてるわけじゃないんだよね。しばらくしたら消えてるし」

「一時的に現れるってこと？」

「そうそう」

「うーん……」

ここにきて、そもそも自分の症状を解決する道しるべすら見えていない私にどうして頼るんだろうっていう疑問が出てきた。

共犯関係にある三人の内、私だけが具体的な解決策を見出《みいだ》せなかった。

それなのに、私に頼られても……。

頼られてることに対する嬉《うれ》しさと、解決出来ないかもという不安がぶつかり合う。

……僅差で、やはり嬉しさが勝った。

「何をしたら消えるかは分かる？」

だから、それらしいことを聞いてみる。

「そうだなぁ。その遊んでる男子と手を繋《つな》ぐとか」

「ふ、不純……！」

「なに。手くらい繋いだっていいでしょ、友達なんだし」

「……そうなの？」

手くらいって言うけど、肝心の手を握るほどの友達がいないからよく分からない。今の私は、誰かに下手に触るとどこかが痛くなっちゃうし……手を繋ぐことから、最も遠い女子高生かもしれない。嫌なところにいるもんだなぁ……。

けどもしそんな友達がいたとしても、私なら女子が相手でもちょっと遠慮してしまう気がする。それが男子友達であったら、なおさらだ。

考え込む私に対して、ナナは大きなため息を吐き出す。

「そんなわけないじゃん」

「な！」

やっぱり嘘《うそ》だった！

「付き合ってないのに手繋ぐなんて、いくらなんでもおかしいでしょ」

「だ、騙《だま》された！」

「いくらなんでもアタシのこと信用し過ぎじゃない？　変な絵とか売りつけられても知らないよ？」

「へ、変な絵とかまず売りつけてこないでよ！」

「冗談だって」

「そんなこと言うんなら、私帰るよ！」

「それは困る！　えーんえーん」

また私の腕にくっ付いて、嘘泣《うそな》きをする。

その目にはもう雫《しずく》すらも浮かんでないから、ただただ泣いている声をあげているだけだ。

でもきっと、本当に泣いている人はえーんなんて言わないだろう。

そんな余裕もないはずだ。

「えーんじゃないでしょ……」

ずっとこんな感じだと、遊ばれているような気がしてならない。

こんな風に頼られても、困るのはこっちのほうだ。

「泣く真似《まね》なんてするくらいなら、冗談言わないでよ。そんな感じだと、本当に私帰るからね？」

「冗談言わなかったら、話聞いてくれるんだ」

彼女は泣き真似をやめて、私のほうをじっと見てくる。

「そりゃあまぁ、せっかく来たんだし……」

このまま帰っても、別にすることはない。

それよりも、ここでナナと話していたほうがずっといい気がする。

ナナが何を話すのかは気になるし。

「……ルルって、お人好《ひとよ》しだよね」

ふっ、とナナは笑った。

その笑顔からはなんだか、すべて分かってましたよというような意思を感じる。私が話を聞くのなんて、いや、私がここに来ること自体分かってましたとでも言いたげな……。

分かってるんなら、泣き真似なんかしなきゃいいのに。

どういうテンションでいるんだろう？

やっぱりよく分からない。

分からないテンションのまま、ナナは更に話を続ける。

「それなら話すんだけど、実はもう一個悩みがあってさ」

「うんうん」

「遊んでる男子の内の一人が、無駄に独占欲発揮してきて困るんだよねー」

「独占欲……？」

「それがさぁ」

そうしてナナが語ってくれた内容は、私にとっては驚きのものだった。そんなに色んな人と遊んでるんだっていう驚きと、そんなに執着されるんだっていう驚き。

そしてそんなにも執着されてるのに恋人じゃないと言い張れるナナへの驚きが入り混じっている。

相槌《あいづち》が段々と、力がないものになっていく。

「とにかく！　アタシが好きなのは先輩だけだから！」

最後にそう言って、彼女はひとまず話すのをやめた。

自販機で売られているちょっと良さそうな水を飲んで落ち着いている。

「……いくらなんでも、それで先輩が好きって言い張るのは無理がない？」

そんなナナの話に対して真っ先に思ったのがそれだった。

「えー？」

ナナは怪訝《けげん》な顔をしてきたが、誰だってそう思うだろう。

色んな男子と遊び、楽しむ。そこで向こうから本気になられてるってことは、そういう素振りを見せてるってことだろう。

それなのに本命は先輩だなんて、なんだかあまりにも都合が良すぎるような……。

「無理じゃないよ。だってアタシ、本当に男子たちのことは友達としか……もっと言えば、遊ぶ時にお金出してくれるお財布としか見れないし。恋愛対象とか、ムリムリ」

お財布って、すごい言いようだ……。

「だ、だとしてもさ」

「エリムならともかく、ルルなら分かってくれると思ってたんだけどな？」

「いや、いくらなんでも私はそこまでただれた付き合い方したことないよ」

「ホントに？」

「当たり前じゃんか……」

疑われるのが、本当に心外だ。

そもそも他人といることが苦手なんだから、ただれた関係なんて作りようがない。

もちろん、作る気もない。

ナナは至って真面目《まじめ》に話をしているようだが、また帰りたくなってきてしまった。

……時間も随分と経《た》っているし、本当に帰ってしまおうかな。

「そろそろ帰らない？　また遅くなってから屋上から出られないって分かったら困るし」

今ならまだ、次に出る電車に間に合うはずだし。

「話せることは話したし、そうしよっかなー」

ナナが先に立ち上がったのを見て、私も立ち上がる。

「明日もここにいるから、症候群についてのもっと詳しいこととか、男子の上手《うま》い処理方法とか思いついたら話しに来てよ」

「処理方法ってそんな、貝じゃないんだから」

「やだなぁ。貝のほうがまだ可愛《かわい》いよ」

「貝はおごってくれたりしないでしょ」

「そう言われたらそうなんだケドさ」

ナナは何が楽しいのか分からないけど、楽しそうに笑う。

今日はずっとテンションが高いままのようだ。

何か良いことでもあったんだろうか？

「それに、そんなすぐ思い浮かんだりするわけないじゃん。どうせ今日みたいになるよ」

「いいじゃん。それならそれで」

「いいのかなぁ……」

「あ、今日は開いたよ。良かったねぇ」

言葉の通り、扉はしっかりと開けることが出来た。

開かなかったらどうしようかと心配していたので、それについては安心する。

「じゃ、また明日もよろしくね！」

そんな勝手なことを言うナナに対して、私は反抗した。

このまま思い通りになるだなんて、思ってほしくない。

「そんな、明日も絶対に来るとは限らないからね！」

「はいはい」

けれどナナは、そんな私に対して強い反応を見せることはなかった。

落ち着いた様子なのが逆に気になってしまい、私の心は落ち着かなくなるのであった。

○

翌日。

日中はずっと、ナナのことばかりを考えていた。

昨日から考えていたけれど、それが今日まで続いている。

再び現れたという、ナナの瞳にハートマークが浮かぶ症状。

色んな男子と遊んでいるらしいナナ。

その中の一人から迫られて困るナナ。

それでも、先輩しか好きじゃないと言い張るナナ……。

考えてもどうにもならないのに、どうしてだか考えてしまう。

考えないように考えないようにと頭の片隅にやっているはずが、いつの間にか頭の真ん中にあって考えてしまっている。

でもそれは心配というより、怖いものを最後まで見て安心したいという気持ちのほうが強い。あと、運が良ければ自分の症候群の解決方法を見出《みいだ》せないかなっていう……。

要するに、自分のためだ。

だから考えてしまうのは無理もないと思ったけど、頻度が多すぎて気が抜けてしまう。

昼食の時にはあんまりにもボーッとしていたせいで、好きなからあげを床に落としてしまった。泣く泣く拾い上げて、食べ終わって空になったお弁当箱の中に入れる。流石《さすが》に学校のゴミ箱に捨てるのは気が引けた。

「ルルちゃん、大丈夫？」

相沢《あいざわ》さんが心配するのも、無理はないだろう。

「あんまり大丈夫じゃないかも……」

素直に答えると、相沢さんは私のほうをのぞき込んでくる。

「私で良ければ、話聞くよ？」

「うーん……」

聞かせていい話じゃないだろうし、私の口から話したくもなかった。

だから曖昧に笑って、その場を切り抜ける。

相沢さんはずっと心配そうにしていたけれど、田中《たなか》さんの言葉に納得して私を信じると言ってくれるようになった。

多分田中さんはそんなことが言いたかったわけじゃないだろうし、そもそも私の何を信じてくれるのか分からないけど、ずっと心配されるよりはいい。

そういえば最初にナナに会おうとしていた時も、こんな感じだった気がする。

……もう、よく覚えてないけど。

その時とは違って放課後になってから、屋上に向かう。

この向こうに、本当にナナがいるんだろうか。

いるって言ってたからいるんだと信じたいけど、あのナナのことだ。

昨日だってよく分からない嘘《うそ》をつかれたし、もしかしたらいないかもしれない。話だけなら昨日出来たわけだし、わざわざ二日連続でいる必要はないと思うし……。どうなんだろう。

ええい、開けてみないと分からない！

勇気を振り絞って、扉を開ける。

「あ、やっぱり来た。待ってたー」

そこには軽い調子のナナがいた。

購買で買ったらしいチョコ菓子を口にしながら、スマートフォンを触っている。

「来たのはいいけどさ……あんまり意味ないと思うよ？」

「なんでさ？」

「一応症候群について調べてみたりしたけど、目新しい情報はなかったし」

隣に腰を下ろしながら、そう話す。

「症候群の再発についてもう一回SNSで調べてみたけど、言及してる人はいなかったよ」

「だよねぇ……」

やっぱり、ナナ自身でも調べてたみたいだ。

そりゃそうだよね。私よりもナナのほうが、SNSを上手《うま》く使いこなしてるし。

「うん。だから、私なりに考えてみたんだけど……」

言うべきかどうか、最後まで悩んでしまう。

「考えてみたんだけど、なに？　その先が気になるんだけど？」

「う……」

ナナからぐいぐいと詰め寄られると、言わなきゃいけないような気がしてくる。言ったら言ったで怒られるかもしれないから、あんまり言いたくないんだけどな……。

「えっと……この前三人で集まってた時には二人とも『なんらかのストレス』が原因で、『普段しないこと』をしたら解決したじゃん？」

「うん、そうだったね。それがどうかしたの？」

「それで、今回のナナは男子の友達と遊んでたら発症するんだったよね？」

「トモダチっていうのは違うけど、大体そう。それで、手を繋《つな》いだりしたら良くなる」

「それは多分、その人といることが楽しくないっていうストレスを感じてるせいなのかなって……」

ナナが神妙な顔で頷《うなず》く。

「言われてみれば、確かにそうかもしれない。でも、そんな細かいストレスで発症するなんてあんまりじゃない？」

「あ、あくまで私の予想だからね!?　あんまり真に受けないでほしい……」

「分かった分かった」

全然分かってない口調で、ナナは言う。

これで間違ってた場合、めちゃくちゃ言われそうだから嫌なのに……！

「それでそれで？　そこまで言うなら解決する原因も思いついてるんじゃない？」

「うっ」

「なんで隠そうとしてるのか分かんないけど、言っちゃおうよ？　ね？」

ナナの手が私の首筋を撫《な》でる。その手にちょっと触れられただけなのに、妙にドキドキしてしまう。こんなの……されたら……！

「こ、こういうこと男子にもしてるんでしょ？」

男子なら、きっとすぐに好きになってしまうだろう……！

「そうだけど？」

「……ナナ、これしてる時楽しいでしょ」

「うん、楽しい。あ、自分で楽しく出来たら解決するのか！　なるほどねー」

勝手に納得されて、そのまま離れていってしまった。

まぁ、言ってることは私の予想と一緒なんだけど……。

この前聞いた話の中から考えただけなんだけど、ナナ的にも納得出来るものだったらしい。ずっと考えてた私の頭も、ちょっとくらいは報われたかな……？

「それだけ分かったんなら結構収穫じゃん。ありがとー」

「全部予想だけど、それで良ければどういたしまして……」

ナナから素直にお礼を言われると、なんだかモゾモゾする。

こんな小さなことにもかかわらず、裏があるんじゃないかと思うっていうか……。

私としては信用出来ないわけじゃないんだけど……自分とはタイプが違うから、気を許せてないだけかもしれない。共犯関係であって、友達じゃないんだし。

「そういえば、エリムは今日も来ないのかな。連絡来てない？」

もう一人の共犯者のことを思い出して、聞いてみる。

「もう来ないって思ったから、メッセ自体確認してない」

「来ないほうがいいかも。今のナナの現状を知ったら、不純過ぎてありえないって思うだろうし」

「アタシ的にはそんなことないと思ってるんだけどなぁ……ルルでこれだし、あのカタブツならそうなるのかな？」

「誰が、堅物ですって？」

私もナナも、二人してヒッと変な声が口から出てしまう。

見れば、扉からエリムが入って来ていた。

「え、エリム？　なんで？」

まさか来るとは思っていなかったから、すごく驚く。連絡つかないんじゃなかったの？

「ナナからメッセージが来ていることに、昨日の夜気が付きました。万が一今日も来ているならばと思い、こちらに来たのですが……案の定いらっしゃいましたね」

律儀なんだなぁと、思ってしまった。

「もしアタシたちがいなかったら、どうしてたワケ？」

「それはそれで、こちらで休んでいこうかと思っていました」

「それならむしろ、いないほうが良かった？」

ナナの意地悪な質問に、エリムは嫌そうな顔をしただけで返事はしなかった。

彼女にとっては、いないほうが良かったのかもしれない。

それでも私たちはいるわけだから、どうにもならないけど。

「……それで、お二人は何を話されているんですか？」

エリムは諦めたように、私とナナの前に座る。

前と同じような集まり方に、ちょっとだけ感動した。

また揃《そろ》うことがあるなんて、思いもよらなかったし。

「アタシがまた症状出るようになっちゃってさ、それの相談に乗ってもらってたってワケ」

「それがどうして、私が堅物であるということになると言うのですか？」

エリムは、ナナのことをじっと見つめる。

その鋭い視線は、ナナをとがめるように向けられ続ける。

「えー……別に、なんでも……」

それに耐えられなくなったのか、ナナの視線が徐々に下に下がっていく。

エリムは流石《さすが》にのぞき込みはしなかったけど、それでもナナのほうをじっと見つめ続ける。

そんなに堅物って言われたのが、嫌だったんだろうか？

堅物っていうのは、そこまで悪い意味を含んでるように思えないけど……。

なんというか、強く自らの意思を持っている人、っていう感じがする。

それはまさに私から見たエリムだし、尊敬の対象なんだけどなぁ。

「……まぁまぁ、それはおいといてさ」

「話してくれるまで、私はここから動きませんよ」

「そうだとしてもアタシは気にしないから、お好きにどーぞ」

「ここでナナのSNSでの投稿を大声で読み上げます」

「マ？　流石に近所迷惑が過ぎるからやめてよ」

「あら、まるで自分のことはどうでもいいみたいな言い回しですね？　善人にでもなりましたか」

ナナもエリムもクスクスと冗談めかして笑ってはいるけれど、二人とも目は全然笑ってなくて怖い。

屋上だから遮るものもなくて風が吹いているっていうのに、どんよりとした空気が漂っているのは何故《なぜ》なんだろう……。

「……ナナがさ、色んな男子と盛んに遊んでるのは知ってる？」

「あー、言っちゃうんだー？」

その場の空気に耐え切れなくなった私が、切り出してしまった。

咄嗟《とっさ》にナナの手が私の口にくるけど、エリムはちゃんと聞いていたらしい。

「はぁ、そうなんですか」

けれど返ってきた反応は、すごくあっさりしたものだった。

思っていたものと違ったと感じたのはナナも同じようで、やや面食らっている。

「やっぱりカタブツだから、不純って言うんでしょ？」

「いえ、やはりイメージ通りの方なのだなという感想しかありませんが」

「うわ、そう思われるほうが嫌かもしれない……」

頭を抱えはじめたナナに対して、エリムは「大丈夫です」と返す。

何が大丈夫なのか、私からしてみても分からない。

ナナはよりいっそう分かっていないようだ。

私たちが分かってないことを察したのか、エリムが更に口を開いた。

「男性を手玉に取れるというのも、見方を変えれば才能の一種でしょう。内容はどうかと思いますが、羨ましいことですよ」

才能……。そういう見方も出来るの……かなぁ？

すごく好意的な見方に、私のほうがたじたじになる。

全然堅物なんかじゃないじゃん。

不純だと思ってしまう私のほうがおかしいのかな？

いやいや、そんなはずない。

才能だとしても、色んな人を手玉に取るのは良くないはずだ。

「そうは言うけど、エリムなら簡単に男を手玉に取れると思うんだけどナー？」

「興味がない人の前で、興味があるフリをすることが出来ません」

「あぁ……」

いわゆる、媚《こ》びを売るみたいなことが嫌なんだろう。その気持ちは、分からなくもない。

「そんなに難しくもないのに。ただただ笑って頷《うなず》いていればいいんだし」

「それが簡単だと思えるのでしたら、やはり才能ですよ。その道を進むのが一番良いのではないでしょうか？」

ん？　その道を進むのがって、なに？

「人の話を聞くような職を目指すべきってこと？　例えば？」

「占い師なんていかがでしょうか」

占い師なんていかがでしょうかって、なに？

「占い師？」

もはや何の話？

「貴方《あなた》なら話を聞くだけではなく、相手の望む言葉を並べることが出来るでしょう？」

「あぁ……いいかもね、確かに」

「進路相談みたいになってる……」

二人とも、やけに乗り気でもある。

今の話の流れで、どうしてそうなってしまったのかもう分からない。

やっぱり彼女たちは私とは違う次元を生きているのだと思うと、なんだか悲しくなる。

私は、ここにいていいんだろうか……？

いつかの不安が、頭をよぎる。もちろん今回はナナのほうが呼んできたんだからいていいはずなんだけど、それにしたって不安になる。

「っていうか、相手が言ってほしい言葉をあげてるからそんな厄介な人に絡まれてるんじゃないの……？」

私の言葉に、ゆっくりとナナがこちらを振り向く。

その顔には、やや絶望が見てとれた。その通りだと思っているのかもしれない。

頭がいいナナが、どうして気付けなかったんだろう。すぐに分かりそうなものなのに。

対してエリムは、何のことか分からないというように首を傾《かし》げている。

流石《さすが》にそこまでは、話を聞いていなかったらしい。

「厄介な人とは、一体どういうことですか？」

「昨日ルルに説明したから、また説明するのダルい。ルル、頼んだ」

「え⁉」

いきなり私に白羽の矢が立ったので、驚きを隠せない。

ダルいって言われても、私も一回しか聞いてないから話せるほどじゃないんだけどね？

けれど凹《へこ》んでいるナナを見ると、そのまま断るのもはばかられた。

よほど私の発言が悪かったらしい。ちょっと申し訳ない……。

エリムはというと、期待を込めた視線で私のほうを見てくる。

「そ、そんな期待した目で聞くことじゃないと思う」

「だとしても、気になってしまうのは無理もないことです」

「うーん……」

彼女だけに聞かせないというのもやっぱり不公平だと思った私は、ナナの話を自分なりの言葉で話した。

途中でナナからの訂正が入ったりしたが、大まかには合っていたはず。

「なんだ、完全には手玉に取れていないじゃないですか」

聞き終わったエリムは、ため息混じりにそんな言葉をこぼす。

「そこ⁉」

この話を聞いて、真っ先にそんな感想が思い浮かぶエリムはやっぱり普通じゃない。

充分に分かっていたはずなのに、まだまだ思い知らされる……！

ナナも私ほどじゃないけど、呆気《あっけ》にとられている。

ナナが呆気にとられるなんて、よっぽどのことだ。

っていうか相変わらず、想像するよりもずっと表情の変化が豊かだな。綺麗《きれい》な顔が色んな表情になるのは、見ていてちょっと面白い。

今はそれどころじゃないけど……。

「そこですよ。自分が困らないように、貴方《あなた》が完全にイニシアチブを握ってしまえばいいんです」

そんな私など構わず、エリムは更に口を開く。

「……簡単に言ってくれるじゃん」

「貴方なら、簡単でしょう？」

違うんですか？と続けざまに言っているエリムの態度は、まさに挑発的だ。

若干、口元に笑みが浮かんでいるのが分かる。

その様子を見ていると、彼女ならば本当に男子を手玉に取れそうな気がしてくる。きっと本人には、その気はないんだろうけど。

ナナはそんなエリムを、苦々しげに見つめる。なんというか、私じゃ計り知れないくらい複雑な感情が行き来しているって感じの表情をしている。

笑っているエリムとは、対照的だ。

しばらく見つめ合う二人を、私は手のひらをぎゅっと握って見つめる。

なんだか、ドキドキする瞬間だ。

漫画みたいっていうか。ドラマチックっていうか。

「……簡単に、してみせればいいんでしょ？」

ややあって、そんな挑発的な返しがナナからされた。

その言葉に、それで良いのですとでも言いたげにエリムは笑う。

「貴方《あなた》なら、それが出来るはずですよ」

「知ったような口利かないで」

「ま、まぁまぁ」

なおも挑発的なエリムに鋭利な爪を向けるナナに、落ち着くように促す。

するとナナが、手のひらを上に向けた手でエリムを示した。

丁寧な指差しっていうか……多分『なんでアタシだけが落ち着かないといけないの、あっちが仕掛けてきたことなんだけど？』くらいは思っているんだろう。

それはそうなんだけど、そうなんだけど！

「そ、そろそろ帰ろうよ！　かなり時間経《た》っちゃったし！」

耐え切れなくなった私は、そう提案した。

実際に時間は経っていたので、二人とも無言で頷《うなず》いてくれた。

無言というのも耐えがたいけど、昇降口までの我慢だ。頑張るしかない。

「それじゃあ、またいつか……！」

玄関についた瞬間に二人へ手を振って、逃げるようにその場を後にした。

そして、その日の夜。

『今日はなんだかんだ言ってありがと！』

『それはそれとしてまた症状が出て困ってるから、そっちについてもよろしく！』

そんなメッセージが、ナナから届いた。

どうやらエリムにも同時送信されているらしいけど、何も反応がない。きっと反応しづらいんだろう。気持ちは、痛いくらい分かる。

……私はとりあえず『強靱《きょうじん》なメンタルを持っているんだな』と、素直に感心した。

けどなんて言葉を送ればいいのかは、よく分かんない。

◆肌色誇示少女のこれから

夜のお風呂上がり、ゆったりと落ち着いた時間。

だというのに、放課後に起こったコトが、頭をよぎる。

割と真剣に調べてくれていたルル、何故《なぜ》か占い師を勧めてくるエリム……あの時はそうかもって納得してしまったけど、今思うと意味が分からない。

それって結局、占ってないじゃん⁉　詐欺かなんかで捕まるヤツでしょ。

詳しくないから知らないけど、この場合だと詐欺師はエリムだ。

ホント、末恐ろしい。

こんなカンジだったら、絶対男のこと手玉に取れるでしょ。

むしろエリムのほうがその手腕で、周りにいっぱい男をはべらせてそうじゃない？

何で変なところで謙遜するんだろう。意味分かんない。

……思い浮かばなくていいことほど、頭にはずっと残り続ける。

『なんだ、完全には手玉に取れていないじゃないですか』

エリムが言ったその言葉に、アタシは呆気《あっけ》にとられてしまった。

だって、さぁ……？

いくらなんでも、それはなくない？

こっちは厄介な男で困ってるっていうのに、そんな時に言う言葉じゃなくない……？

ちょっとどうかと思うエリムの態度に、アタシの脳内は暴言のオンパレードになってしまった。あまりにも酷《ひど》いコトバが頭の中に浮かんでは、口から出て行こうとした。

こんなにも自分は悪口の語彙が豊富なんだと知り、ちょっと笑いかけた。

だけど思いついたコトバが結局出て行かなかったのは、ルルがその場にいたからだろう。

あの子はきっと他の人に言われたコトバであっても、それが暴言だったんなら悲しむような気がした。なんなら最悪、泣くまであると思った。それは困る。

だからアタシは、なんとかして暴言を頭の片隅に追いやった。

それなのにご令嬢サマは、その後もことあるごとに挑発してくるってワケ。

もうホントに、よっぽど痛い目に遭いたいのかと思った。

ルルがその場にいなくて、アタシがか弱い女の子じゃなかったら……彼女の身に何が起こってたか。

今となっては、神のみぞ知るコトだけど。

というか、何も事件を起こさなかったアタシを、褒《ほ》めてほしいくらいだ。

……なんて、ね。

「はー……」

盛大なため息。それは、自分に対してだ。

流石《さすが》のアタシも、エリムがただ酷《ひど》いワケじゃないコトは分かってる。

多分エリムは、相手がアタシだからこそあんなことを言ってきたんだろう。

もしも同じ事で悩んでいるのがルルだったら、思ってるか思ってないかは別として『それは大変でしたね』くらいのコトバはかけたはずだ。

それもそうだ。

エリムは『厄介な男に絡まれる』コトを大変だと思えるはず。

そのくらいの感情は持っているだろう。

なんなら、同じような状況に陥ったコトくらいあるかもしれない。なんたって令嬢だし、そうじゃなくても可愛《かわい》いし。

それなのに挑戦的な発言をしてきたのは、アタシがこんなコトでどうにかなるような人間だと思ってないからだろう。

本当に、イニシアチブを握ることが簡単に出来ると思われているんだ。

占い師の話だって細かいことはさておき、アタシならやっていけると思ってるから言ってきたんだ。

全部、エリムなりの評価の仕方なんだろう。

「ふは……」

ヤバイ。不器用すぎて、ちょっと笑える。

それともああいう好戦的な態度が、エリムの本性だったりするのかな？

だとしたら、絶対に生きづらいはずだ。

普段はどんだけ猫被《かぶ》ってるんだろう。

なんていうか、もはや被ってることすら、よく分かってなさそうだなー。

そこはちょっとカワイソウかもしれない。

……ま、アタシの同情なんて向こうはいらないだろうケド。

しかし、エリムに評価されていることは嬉《うれ》しくもある。

アタシなら、どんな男が相手でもイニシアチブを握ることが出来る。言外に、そう言ってくれているのだ。

やってやろうじゃないの。

自分の魅力をもって、厄介な男を黙らせる。

それはとても楽しいことのようにも思えた。

それだけの魅力くらい、アタシも持ってるに決まってる。

足りないとしたら、あとは技術くらいだろう。

そして数日後のアタシは、そういう人心把握系の雑誌を見つけようと外に出た。

人心把握っていう曖昧なジャンルだから、インターネットに書いてある情報よりも著名な人が書いている本のほうが信憑性《しんぴょうせい》がまだ高いだろうと思ったからだ。

そういえば最近は、コンビニにそういう本が置いてあるっけ。近くにあったコンビニに入ると、確かに置いてあった。一番表紙が良い一冊を手に取って、立ち読みをしてみる。

けど、読み終わってから驚いた。

だって、特に目新しいコトは載っていなかったから。

いつか読んだ雑誌の恋愛特集で見たアプローチの方法や、自分でこうするといいかもってなんとなく編み出したことしか載っていなかったのだ。

ウソでしょ⁉

え、こんなことある？

この本がたまたまそうなのかもしれないと思って別の本を読んでみたケド、やっぱり書いていることはあまり変わらなかった。

結局人間に出来ることなんて限られているから……？

いや、人間が影響を受ける行動というのが、限られているのかも？

どちらにしても、この本がアタシにとって意味がないというのは事実だ。

読み終わってからすぐに、時間を無駄にしてしまったと思った。

いやいや、嫌な感想にもほどがあるんだけど……。

ま、事実だからしょうがない。

でも最初にコンビニで立ち読みをしようと思いついて良かった。

買ってたら最悪、無駄遣いしてしまうところだったじゃん！　危ない危ない！

……そんなワケで。

あんまり成果はなかったけど、アタシには技術も備わっていたんだってことが分かった。

むしろそれが分かれば充分だろう。

『今度遊べたりする？』

アタシはあの男に、いつものように遊びに誘うメッセージを送った。

向こうが乗ってきた日に、アタシの手のひらに乗せてやるんだから……！

思う存分、くるっくるに転がしてやるんだから！

○

連絡した日から数日後の休日であればいいと、向こうは言ってきた。こちらとしても休日のほうが時間が取れて良かったので好都合だ。

続けて、場所の指定をする。これにも向こうは乗ってくれたので、自然と笑みが浮かぶ。

あとは、すべて完璧にやってみせるだけ。

やってきた、男との約束の日。

どちらかと言えば、待ち遠しかった。

あの男の厄介さを自分でどうにかすることが出来れば、もっと人間関係が楽になるはずだ。その一心で、何度も脳内でシミュレーションを繰り返した。

お願いだから上手《うま》くいってほしい……。

場所は、アタシが指定したカフェ。そこのテラス席だ。

カップル割もあってイチャついたカップルがいるのをよく目にするので、多少イチャついているように見えても大丈夫だろう。

もちろんホントにイチャつくわけじゃないけど……傍目《はため》からはそう見えるかもしれないと思ってのお店セレクトだ。

あと紅茶が美味《おい》しいっていうのもある。味を楽しんでいる余裕があるか分からないけど、美味しくないお店に行くよりもずっといいだろう。

カフェに着いたら、男が入り口付近で待っていた。

「待った？」

「待ったよ。五分遅刻なんだけど、誘ったがわ……」

そこから始まりそうになる長い話を、男の唇に指を当てて止める。

男の視線は、すぐにアタシの指に向けられる。

静かになったのを確認して、唇から指を離した。

「ごめんね？」

見えてるか分かんないけど、ウインクとかしてみる。

するとどうやら、見えていたらしい。

アタシのウインクで、ハッとしたような顔から一気に照れをにじませる。

「ど、どうしたの。何かあった……？」

うわっ、珍しい反応。

普段はアタシのことなんて、一ミリも気にしてない風なのに。

まぁ、このくらい動揺してくれないとね。

彼が思い切り油断してくれることが、何よりも大事だし。

「え？　なんにもないよ？」

とびきりの笑顔を向ける。すると向こうは、更に照れたように頭をかいている。

けれどその表情は、どうしたものか悩んでいるようだ。

「なんにもないって、そんなわけ」

「それより、中に入ろうよ。ここって、紅茶が美味しいんだよ。苦みがなくて飲みやすいんだ」

喋《しゃべ》ろうとする男の手を引いて、中に入る。

そんなに力を入れたつもりはなかったけど、アタシより大きな男の体は動いてくれた。

案外、リードされるのも悪くないってカンジなのかも。ウケる。

アタシとしても、こういう風に積極的に仕掛けてリードするなんてあんまりしないからドキドキしてる。

先輩がもしもすごい奥手だったら、こんな風に振る舞ってみてもいいかな？

今までアタシがリードするって考えてなかったし。

先輩との絡みを想像して楽しくなっている間に店員さんに案内されて、無事にテラス席に座ることが出来た。中途半端な時間だからか、人はまばらだ。ちょうどいいかも。

アタシはダージリンのストレートをアイスで注文して、向こうは動揺しながら紅茶以外の唯一のメニューであるアイスコーヒーを注文した。

……紅茶が美味《おい》しいって言ったのにあえてコーヒー頼むなんて、やっぱりちょっと合わないなぁ。そもそも前に別のお店でコーヒー頼んだ時、苦そうに飲んでなかった、この人？　カッコつけなら、やめておけばいいのに。

そんな向こうはというと、注文を終えてからはどこか上の空のまま虚空を眺めている。

うーん、そんなに放心するところかな？

向こうの中でアタシはカノジョって設定らしいのに、なんでその肝心のカノジョからのアプローチでこんなに弱ってるんだろう。

高校生の恋人同士だったら、もっと過激なことしててもおかしくないのに。

流石《さすが》にこれ以上はしたくないけど、やったとしたらどんな反応をするのかはちょっと気になる。めちゃくちゃ動揺して……いや、キモいし考えるのやめよ！

そんな彼から視線を逸《そ》らしても、何も言われない。

だから、紅茶が来るまでの間はスマホを見てテキトーに時間を潰した。

「お待たせしました」

ようやく運ばれてきた、紅茶とコーヒー。

メニューのメインは紅茶だと思うけど、コーヒーもすごく良い香りがする。

そんなに無粋でもなかったのかな？　今度、覚えてたら頼んでみよう。

とりあえずダージリンの香りを……味わおうとしたアタシの目の前で、すごい勢いでコーヒーが飲み干されていく。

いや、なんで？

情緒もなにもない行為に、アタシはドン引きするしかない……。

もしかして、スポドリだと思ってる？　この人なら、それもあり得なくもないケド……。

そんなものを見たものだから、なんだか飲みたくなくなってしまって、ストローで氷を無意味にかき混ぜる。

そんなアタシとは対照的に、思い詰めたような顔をした男が口を開く。

「本当に、今日はどうしたの？」

　あ、やっとそこに触れてくれるんだ。それなら良かった。

「どう？　ドキドキした？」

　満面の笑みで、そう告げてみる。すると向こうは、これでもかっていうくらい深く頷《うなず》いた。頷きから顔が上がって見えた表情には、嬉《うれ》しさをにじませていた。

「すごく、ドキドキ、した」

　謎の区切りを入れてしまうくらい良かったらしい。いや、イミわかんな過ぎてウケる。

「っていうか……ナナちゃんと遊ぶ時は、毎回ドキドキしてるよ。こんなに素敵な子といれるなんて、なんて幸せなんだろうって思ってる」

　それはきっと、思わず漏れてしまった本心なんだろう。そう思ってくれていたことは嬉しいけど、アタシは納得出来ない。

「そうなの？　でも、アタシはアナタと遊んでてもドキドキしないよ？」

「え？」

　思ってもみなかったんだろう。アタシの言葉に、首を傾《かし》げている。

「もしかして、聞こえなかった？　アナタといても、ドキドキしないって言ったの」

　二回目をハッキリと言い放ったら、流石《さすが》に向こうも理解したようだ。動揺を隠せないのか、グラスを握っている手が震えている。

「そん、そんな、強がらなくてもいいのに」

「アタシが強がってるように見える？」

「み、見えない……けど……」

「でしょ？」

これまでに見たことがない向こうが余裕を失っている姿に、ちょっとだけ面白くなる。

でも、ここで終わらせるわけにはいかない。

「つまんないから、求愛性少女症候群だって出ちゃうんだよ？」

ルルが言っていたように真偽は不明だけど、アタシ的に納得出来たからそうなんだろう。

「えっ」

「いっつも症状が出てたの、アナタのせいなんだよ。アタシはいっぱいドキドキさせてあげてるのに、どうしてドキドキさせてくれないの？」

いじけたように頬《ほお》を膨らませて、問い詰める。

ここで何もしてくれなかったら、ソッコー帰宅で良いだろう。だって、一緒にいても症候群の症状が出るだけだし。

万が一にも逆ギレしてくるようだったら、警察に突き出せば良いだろう。テラス席でそんなことしたら、アタシに対してだけじゃなくてお店にも被害がおよぶだろうし。

ま、本当にいざとなれば、誰かが止めに入ってくれるだろう。

さっきから反対側にいるカップルの男が、アタシのほうをやたら気にしてるようだし？

目の前にカノジョさんいるのに、カワイソ。罪なくらいアタシが可愛《かわい》いからしょうがないけど。それに、助けてくれるならありがたいからお願いしたいんだけどね。

向こうの表情に、悔しさが見える。今までドキドキさせられていると思っていたのに、実際はそうでもなかったからそうも感じてしまうんだろう。

それに、偉そうに症候群についてぺらぺら話してたにもかかわらず『自分が原因だった』ことも響いてるのかな？

っていうか思ってたより、言葉にしたらダメージになる系だったのかな？　超意外。七変化をしている相手の顔が面白くて、すぐに帰宅するはずだったのに眺めてしまう。

でもまぁ、このままなんにもなくてもいいかな。おごってもらえる人が減るのは残念だけど、元々厄介だと思ってた人だし。

こんなのが相手でも、ドキドキさせられるような付き合い方が出来てたって知れたし。それさえ分かれば、後はどうでもいいや。どうにでもなっちゃえってカンジ。

「……あのさ」

そんなことを思っていたら、遂《つい》に向こうから反応があった。手にはスマホが握られており、画面をこちらに見せるようにしている。

「見ていいの？」

向こうは何も言わず、ただ頷《うなず》いた。アタシは不思議に思いつつ、スマホをのぞき込む。

「……え？」

　表示されていたのは、かつて雑誌に載っていたアタシの写真だった。しかもこれ、水着のモデルをする前だったような気がする。かなり小さめで、なんでこんなに小さいんだろうって嘆いたのを覚えてるような……。

「なんでこんなの、持ってるワケ？」

「たまたま見かけた姉の雑誌で見つけて、可愛いなって思ったからずっと保存してた。それで、モデルとしてのアカウントもフォローしてるし、それ以降の載ってる号は必ず買ってた」

「ほ、本当に？」

「信じてもらえないかもしれないけど、本当だよ。この前の、表紙になってる号は三冊買ったし……」

　マジ？　だとしたら、めっちゃアタシのファンじゃん。

　え、今までの全部、厄介オタク的行動だったってこと？　言われてみれば、そんなカンジにも思えるような……？

「憧れの人が目の前にいるって事実に舞い上がってたのかも。ごめん……」

　ええ……？　ここまで素直になってくれるとは思わなかった。

　いや、それ以上にモデルとしてのアタシのすごいファンなのが驚きなんですケド⁉

嬉《うれ》し過ぎるんですが⁉

「あ、ハートマーク消えてる。良かった……」

心底安心した様子で、そう教えてくれる。

どうやら、今も浮かび上がっていたらしい。

本当に、ドキドキしたり楽しくなると消えるんだ。

「そりゃ、消えもするよ。そんなにもアタシのファンって人に、会ったことなかったから」

これまでにないくらいの嬉しさで、ドキドキが止まらなくなっちゃった。

「嘘《うそ》？　皆見る目ないね」

「でしょ？」

「ナナちゃんは、こんなに可愛《かわい》いのに」

「でしょでしょー？」

それでもこの人は、本命にはなれないんだけどね。

〇

それから、更に数日後の放課後。

あんまり期待はしていないけど、もしかしたらと思って屋上に向かっていた。

仮に二人がいなかったとしても、今日は天気も良いからゆっくりするのにはちょうどいいだろう。

今日の授業の復習でもしてようかな。それに、時間があれば予習もしたい。

ううん……そこまで考えちゃうと、二人がいないほうがいいような気もしてくる。

いたら相談だけじゃなくて他の話も出来るから、それはそれでいいんだけどね？

この前の話なんかも周りには到底出来ないから、したいなと思ってたところだし。

そもそもいるかな、いないかなと考えつつ、廊下を歩いていく。

すると、途中で目の前から小崎《おざき》先輩を含めた先輩たちが歩いてくるのが見えた。

え、なんで？

それはまさしく、屋上から帰ってくる道で……下手すると、先輩たちと遭遇してたってコト⁉

ヤバ‼

状況に混乱して、思わず流れるように空き教室に入ってしまう。

咄嗟《とっさ》に入ったのはいいけど、彼らが入ってきたらおしまいだ。

入ってこないように祈りながら、外の様子をうかがう。

「……あれ？　今のもしかしてナナちゃんだった？」

「気のせいじゃね？」

「そうかなー？　あんな可愛《かわい》い子、見間違うはずないんだけど」

……こんなにも、自分が可愛いことを恨んだことはない。

だって、逃げてるっていうのにアタシの話題出されてるんだよ？　そんなことある？

まず、気付かれてると思わなかったし。

……追いかけてくるとか、ないよね？

流石《さすが》に先輩のトモダチだとしたらその辺わきまえてくれるよね？　ね？

「誰それ？　知り合い？」

ふと聞こえてきた声は、間違いなく小崎《おざき》先輩だった。

どうしてこんなタイミングで……。

バレるかもしれないと焦って熱くなっていたアタシの体温が、一気に下がる。

もしかしてアタシの存在を、先輩は今もなお知らない？

そんな、そんなまさか。

「え、お前ナナちゃん知らないの？」

「後輩なんだけど、すげー可愛くてモデルもしてるって噂《うわさ》。聞いたことない？」

それは噂じゃなくて事実なんだけど、そんな冷静に否定している場合じゃない。

「えー……」

何、この間。もしかして、思い出そうと悩んでる間？

そんなのある時点で、絶対思い出してくれるワケないじゃん……！

「ごめん、やっぱ分かんない。どんな子？」

やっぱり。

アタシの中の何かが、音を立てて崩れる音がした。

ズキリ、ズキリ。

心なのか、体なのか。痛んでいる場所の分からない痛みが、全身に広がっていく。

待って？　痛みだけが先に体を蝕《むしば》んで、状況がよく頭に入ってこない。

だって、アタシは屋上にあの二人がいるか確認しようとしていただけなんだよ？

それなのに先輩を見かけて、しかもアタシの話をしているのが聞こえて、先輩がアタシのことを認識してくれてないって思い知らされて……。

脳内はとっくにキャパオーバーだ。上手《うま》く回ってくれない。先輩たちが去って行ったのが分かるのに、その場から動くことが出来ない。

それくらい、衝撃的なことだ。

アタシがこんなに頑張っているにもかかわらず、先輩はアタシのことを全然認識してくれてなかったっていうのは。

全部無駄だった。

そもそも、一応ちゃんと目を見て会話したこともあるのに……。

それなのに、顔すら覚えられてないってコト?

だとしたら、ハチャメチャに傷つく……。

なんでだろう?

こんなにアタシは可愛《かわい》いのに、一体どうして?

もしかして……そういう癖《ヘキ》なのかな。あんまり可愛くない子が好き、みたいな。

その可能性は、考えてなかった。そんなことってある……?

いや、可能性としてはゼロじゃない。

だとしても、よりにもよって、アタシが好きな人が、そんな癖の人だったなんて……!

人は見た目じゃ分からないから、こんなコトが起きてしまうんだ……。

今までのことは、全部なかったことにしよう。

……そう思いたいけれど、そう思うにしてはかけた労力が大きすぎる。

ああ、何でクラスの人間にも優しくしてたんだろう。

先輩に気に入られたいという目的もないままこれから先もずっと優しくするなんて、無理ゲー過ぎる。

ホントに、どうしよう。

……いや、それよりももっと大事なことがある。

この胸の痛みは、どうやったら消えるんだろう……。

○

家に帰ってから部屋に行くと、糸が切れたように体が重たくなった。

リュックをその辺において、アタシはベッドに寝転ぶ。

「あー……やば……」

目からは、自然と涙が流れてきた。妙に温かい上に頬《ほお》にまとわりついて、気持ち悪い。

っていうか、本当に涙を流して泣くなんて、いつ以来のことだろう？

ぼんやりとした頭では、前回のことなんて全く思い出せない。

ただただ苦しい。ひたすらに苦しい。心が痛い。

なんでこんな思いをしないといけないんだろう。

こんなに苦しくなるくらいなら、もう誰も好きになりたくない。

アタシのことを好きだって確信出来ない人のことを好きになるなんて、もううんざりだ。

でも、そんな人たちのことをアタシは好きになれない……。

アタシのことを好きでいてくれる人たちは、アタシから見て魅力的に見えない。

別に想《おも》われたくないワケじゃないのに、アタシのことを好きだって言う人には惹《ひ》かれないっていうか……。

好きだって言われた時点で、ただ単にアタシをチヤホヤしてくれるだけのモブだって思っちゃうのかな？

考えているうちに納得してきた。そうかもしれない。

何でそんなジレンマが起きるんだろう？　呪われてる？

……もしかして、求愛性少女症候群？

そうかもしれないと思い気だるい腕を伸ばして、ポケットからスマホを取り出す。

手帳型カバーの内側にある鏡で自分の顔を見ると、その目にはハートマークは浮かんでいなかった。

黒々としたアタシの目には、見たことないくらいに弱ってるアタシの顔が映っている。

「いや、ヤバ」

それがあんまりにも惨めだったから、思わず笑ってしまった。

寝てないの？ってくらい、酷《ひど》い顔してるし。

ここまでの酷い顔は、見たことなかったかも。

どんなに可愛《かわい》い顔も、追い詰められるとこんな顔になるんだ。人前では気をつけよう。

「ふー……」

ひとしきり笑った後の頭は、スッキリしていた。

苦しいのは確かだけど、もう起きてしまったことはどうにも出来ない。

それにアタシの症状は『求愛性少女症候群』だ。

少女じゃなくなれば、きっとすべてがなくなるだろう。

それまでは、つかの間の少女生活を楽しもう！

つかの間の少女生活……恋愛感情を抱《いだ》くコトは出来ないケド、アタシのことを好きでいてくれる人たちにチヤホヤされる生活を、これからはもっと積極的にしていこう。

同級生に優しくしてるんだから、それくらいしたってバチは当たらないハズ！

問題なんて、全部後回しにしちゃえ！

今が楽しければ、それでオッケー！

そう決めたアタシは、ちょっとだけ元気になっていた。

帰ってきたばかりの時のような、体の重さはなくなっている。

むしろさっきまでのは何だったんだと思うくらいには軽い。

とりあえず、時間を確認するためにスマホを開いた。

って、うわ！　もうこんな時間？　どれだけ横になってたんだ、アタシ。

学校帰りで、やることいっぱいあるっていうのに。

とりあえず、お風呂には入らないと。

夕食は食べてないけど、こんな時間に食べるのもなんだし軽く済ませてしまおう。

あとは課題……あーもう！　真面目《まじめ》じゃなかったあの頃が羨ましい！

でも進路の問題もあるから、どちらにせよちゃんとしないと。

両親には感謝してるから、望む進路に行ってあげなきゃ。

でも今から色々した後じゃ、課題をするって時には眠くなってそう……。

そうだ！　課題終わらせるまで、誰かに話し相手になってもらおう。

そしたら緊張感で、眠くなったりしないだろうし。

すぐに、ＳＮＳの友人一覧を開く。

うーん、誰と話そう……。

この人は寝てるだろうし、この人はそんなに長く話せるほど面白くないしなぁ……。

あ、この人なら、この時間でも起きてるはず。それにアタシが最近好きなバンドを向こうも好きって言ってたはずだから、話も出来るに違いない。

この人にしよう。

『ね、後で電話出来たりしない？』

メッセージを送ると、思った通りすぐに既読がついた。

そこから数秒で、メッセが返ってくる。

『どうしたの？　何かあった？』

『それがね』

ああ。誰かに構ってもらえるって、やっぱりいいなぁ。

◆帰宅不可少女のあれから

才能。

それは、私にはないものです。

時折クラスメイトの方から「エリムちゃんはなんでも出来てすごいよね」と言われることがあるのですが、それは妹のことを知らないからこそ言える言葉です。

妹の存在を知っている人からしてみれば、私がなんでも出来るだなんてとても言えないでしょう。

現に両親はいつも妹と私を比べて、私には才能なんてなにもないのだと何度も伝えてきます。正直言って、しつこいくらいです。

けれど、それも仕方ありません。

妹は、すべてのことをなんてことはないようにこなします。

両親から与えられる課題を、すべて完璧に終わらせることが出来ます。

私より数年生まれるのが遅かったにもかかわらず、私よりもずっと能力が高いのです。

それも努力をしているわけではなく、元から備わっているのです。

——それが、たまらなく憎い時があります。

私だって頑張っているのにどうして及ばないのだろうと、泣き出してしまいそうになる時があります。

そう思っても、どうにもならないのに。

せめて、私に妹に敵《かな》う才能が一つでもあれば……そう、ユメに見ない日はありません。

けれど私は今日も、妹よりずっと劣っているのでした。

○

ルルとナナとの共犯関係を経て、私は以前よりも広く友人関係を構築するために奮闘していました。

それは心から望んでいるものではなく、ただ自らが帰宅するために必要なのだと割り切ってのものです。家に招けるような関係を目指しながらもあまり深くまで探らせず、こちらもあまり深くまで探らない。

……そんな風に考えてみると共犯関係とあまり変わらないような気もしますが、私なりに出来るだけ優しく接するように心がけています。

だからこそ、一歩引いていたところから見ていたクラスメイトの人も、話しかけてくるようになったのでしょう。

数は、出来るだけ多いほうがよいです。

毎日どなたか一人を、家に呼び続けるというわけにはいきませんからね。

今までは作業としか思っていなかった昼食を誰かと話しながら食べているのも、進歩であると言えるはずです。

「エリムさんって、まだ部活入ってなかったよね？」

お昼休み。

一緒にお弁当を食べていた小林《こばやし》さんが、そう話を切り出してきました。

「そうですが、どうされました？」

この時期に部活動の話をされると思っていなかった私は、どういうことなのだろうと首を傾《かし》げます。

「実は私、漫画研究部に入ってるんだけどさ」

「漫画研究部……？」

「そう、通称漫研！」

「マンケン、ですか」

なんだが有名芸能人みたいな略し方ですね、とは言いませんでした。向こうがピンと来なくて、空気が悪くなることを恐れているからです。

空気を読むというのは、存外難しいことだと最近になって思い知りました。

しかし、漫画研究部ですか……。

入学当初に行われた紹介の時に、そんな部活動もあったような気がします。

けれど、内容は全く覚えていません。

元々部活動自体に入る気がありませんでしたから、まともに聞いていなかったのです。

それに、家が厳しいので漫画自体をまともに読んだことがありません。

ですから、どういう活動をする部なのか全く想像がつきません……。

漫画を、どんな風に研究するっていうのでしょうか？

いえそれよりも、どうしてそれを私に話しているのかということのほうが気になります。

「それが、一体どうしたというのです？」

問いかけても、彼女は一向に口を開きません。

「それは、そのぉ……」

開いたところで、煮え切らない言葉が返ってきます。

「その、なんですか？」

ここまで聞いただけではどういうことなのか全く分からないので、続きを促しながら相手の言葉を待ちます。

「あのね……」

「はい」

やがて、ついに意を決したような顔の小林《こばやし》さんが口を開きました。

「実はね、漫研って今部員が足りてなくて」

「はい」

「それで、廃部になるかもしれないんだよね……」

「廃部、ですか」

ようやっと、話が読めてきました。

「つまり、廃部を回避したいから私に部員になってほしいと頼みたいのですね？」

「そ、そういうことになります」

話が伝わったことに安堵《あんど》するように、彼女は胸を撫《な》で下ろします。

用件は分かったのですが、それでも分からないことがあります。

「どうして、私に？」

「う……」

「正直に言いますと、私と漫画では線が繋《つな》がっていないように思うのですが」

実際、ほとんど読んだこともありません。

しかし自分が思っている以上に、周りからは繋がっているように見られているのでしょうか？

だとしたら心外です。肝心の私は、まともに読んだこともないというのに。

「それは、うん……エリムさんは漫画なんて読まないだろうなっていうのは、私でも分かるよ」

「では、どうして？」

「それがその、他の子にはもう断られてて……後がないんだ。だから、もはやエリムさんだけが頼りっていうか」

どうやら、ただ単に消去法だったようです。

しかし、本当に追い詰められているのだろうというのは、表情からうかがえます。

小林《こばやし》さんにとっては、大事な部活動なのでしょう。でなければ、わざわざ私にまで声をかけてくるとは思えません。

「だから、お願い！　一度見学だけでも、来てくれないかな⁉　悪いようにはしないから！」

手を合わせて、頭を下げられます。その下げ方があまりにも必死なので、まるで私が悪いことをしているかのように見られてしまいそうです。

それは非常に困ります。周囲が持っている私の印象に、影響が出てしまいます。

「や、やめてください。そんなに下げられても困ります」

「えっ」

即座に顔が上げられたかと思うと、その表情は悲しげなものでした。

顔が上がったというのに、罪悪感はよけいに増していくばかりです。

「やっぱり、難しい……？」

「それは」

「そうだよね……みんな放課後は忙しいから、部活とか出来ないよね……なんならバイトのほうがお金稼げるし絶対いいよね、分かるよ……」

目の前でため息をつかれてしまいました。しかも露骨な悪意のあるものではなく、最初から諦めていたから仕方がないとでも言いたげなものです。

彼女は無意識で私に罪悪感をもたらしているのでしょうか？

それとも、わざと？

いえ、わざとには見えないので、それくらいに困っているということなのでしょう。

「そうですねぇ……」

困っている人を見捨てないというわけではありませんが、こんなにも困っているのならば見学くらいは行っても良いのではないかと思えてきました。

あわよくば、適度に家に呼べるような距離感の友人になれるかもしれませんし。そうだと一番嬉《うれ》しいです。

ここ最近は何もしなくても帰れていたので、そろそろ帰れなくなってしまうかもしれません。

それは非常に困ります。

「見学だけ、行かせてもらってもいいですか?」

「え⁉」

私の言葉に、小林《こばやし》さんが二度見をしてきます。

いえ、二度見どころか三度見でした。

そんなに驚きますかね……?

「ほ、本当に⁉」

「え、ええ。困っているようですし、私は嘘《うそ》をつきませんから」

急に前のめりになってきた彼女をやや下がって避けつつ、頷《うなず》きます。

すると先ほどまでの表情が嘘のように、キラキラとした笑顔になりました。

まだ見学に行くとしか言っていないのですが、もう廃部を回避したかのような笑顔です。

勘違いで、このまま入部させられたらどうしましょう。

「じゃあ、今日の放課後一緒に部室まで行こうね! よろしく!」

「は、はい……」

私の不安をよそに、彼女は昼休みの間ずっと笑みを浮かべ続けるのでした。

いざとなったら、きちんと断らなければ……。

私は、そう心に決めるのでした。

○

「そろそろ行こうか！」

「ええ。案内よろしくお願いします」

「任せて！」

放課後になり、張り切る小林さんと一緒に漫画研究部の部室を目指します。

どうやら元々部員が多い部活動ではなかったせいで、部室棟の隅に部室が置かれているようです。そういう立地の悪さも部員が増えない原因の一つかもしれないと、道中に語ってくれました。

「でもね、部室のベランダから見える夕陽《ゆうひ》はすごく綺麗《きれい》なんだよー」

「そうなんですか」

「うんうん！」

階段を上がりつつ、私は気になることをお聞きします。

「そもそも漫画研究部って、どんな活動をされてるんですか？」

「えっ」

彼女が驚きます。

けれどすぐに何かを思い直したように、納得した顔になりました。

そして、活動についてを話してくれます。

「その名の通り……って言うとおかしいけど、漫画読んだり描いたりしてるよ」

「それが、漫画を研究することになるんですか？」

「あ、えっとね」

小林《こばやし》さんが困惑を見せます。

それはクラスメイトとの交流を図る中で、何度も見た表情です。

私は本当に世俗に疎いのだと、これでもかというくらいに思い知らされています。

こういう時にも、令嬢でなければ良かったのにと思ってしまいます。

「名前みたいな研究らしい研究っていうのは、してないんだよ。ただ漫画が好きな人が集まってる部活って、認識してくれればいいかな」

「そうなんですか」

「そうそう」

それなら、私がその中に入るのはあまり良くないのではないでしょうか？

私は別に、漫画が好きなわけではありません。

それだけ部として追い詰められているのかもしれませんが……だとしても今のままであれば、もしも入った時にその後のことが心配になります。

「それは、私がもし入るって言った場合は大丈夫なんですか？」

「なんで？　大丈夫だよ」

即座に肯定が返ってきました。

……この人が楽観的なだけでしょうか。なんだか心配になってきました。

「エリムさんって漫画が嫌いってわけじゃなくて、あんまり読んだことないってだけでしょ？」

「……そう言われれば、そうですね」

「じゃあ、面白い作品に出会えば好きになれるはずだよ。ここの漫研めちゃくちゃ漫画あるから、エリムさんが好きになれる漫画もあると思う。人数はずっと少ないけど、歴史はそこそこあるらしいし！」

「そ、そうなんですか」

「そうだよー」

「それは、楽しみですね」

「でしょー！」

ずいずいと詰め寄られ、思わず後退《あとずさ》りをしてしまいます。

彼女、思っていたよりも押しが強いのでしょうか？

そうは見えないのですが、やはり人は見かけによりませんね。

この勢いのまま入部させられてしまったら、どうしましょう。

部活動に入ること自体は良いことかもしれませんが、漫画研究部というのが大きな問題です。

両親が入部を認めてくれるとは、到底思えません。そんなことにうつつを抜かすくらいなら、勉学に励みなさいと言われるのが目に見えています。

しかし、いろいろな漫画を読めると聞き期待が高まりました。

彼女の言うように、私が好きになれる作品もきっとあるでしょう。

文章が主である小説とは違った表現があるでしょうし、絵があるからこそ内容も理解しやすいでしょう。

なんでしたら、イラストを見ているだけでも面白いかもしれません。

「ここです！」

そんな言葉とともに、小林《こばやし》さんは立ち止まりました。

「ここですか」

他の部室と変わらない扉に、漫画研究部と書かれた紙が貼られています。

紙にはかわいいイラストが描かれており、漫画研究部らしさを感じます。

「入るよ。準備はいい？」

「は、はい」

「では……」

音をたてて、開かれる扉。

「お疲れ様でーす」

「お疲れ様ー」

「ほらエリムさん、入って入ってー」

小林さんの言葉を受け、私から室内に入ります。

そこには既に二人の部員がおり、ペンを片手に同じテーブルに着いていました。

ゆっくりと顔を上げた二人と目が合います。その目が、一瞬で驚きに見開かれました。

「そ、その子、どうしたの？」

「見学者のエリムさんですよ！　念願の！　見学者！」

小林さんが敬語になっているところを見るに、お二人は先輩なのでしょう。

「え、エリムさんって……」

「あの、令嬢の……」

二人は身を寄せ合うようにしながら、こちらの様子をうかがっています。

先輩でしょうから、関わりの薄い後輩について適当な噂《うわさ》を聞いているからこうなっているのだろうと理解出来ますが、そんなに驚かれると私でも傷ついてしまいますね……。

「そうです！　これで廃部が回避出来ますよ」

「いやあの、まだ入ると決まったわけでは」

「本当に⁉」

私の否定は、お二人の声と立ち上がった際の椅子の音でかき消されてしまいました。

いつの間にか三人に囲まれています。囲まれているというのに、囲んでいるほうがおどおどとしているのはなぜなのでしょうか。

「エリムさん……エリム様？　って、漫画は読まれるんですか？」

「読んでなきゃ、こんな部に来ないですよね？」

「さ、様なんて敬称はやめてください。私はここでは、ただの生徒でしかありませんし」

「それはそれは……」

「畏れ多いですし……」

「そんな……」

今までルルの反応は過剰なのではないかと思っていたのですが、どうやら彼女は普通だったようです。

私の印象は一体どのような風に、この学校に知れ渡っているのでしょう。

というか、一体どこの誰がそのように広めたというのでしょうか。

私は学校内では、極めて人畜無害だというのに。誠に遺憾ですね……。

「でも本当に、御令嬢様が漫画なんて読まれるんですか？」

「それがですね、読まないらしいです」

私の代わりに、小林《こばやし》さんが答えます。

「え!?」

「でもでも！　もう一年生で断られてないのって彼女しかいないですし」

「そ、そうだとしてもさぁ、私たちの立場が危うくなりそうで怖くない……?」

「そんなことないですよ！　ね！」

「ね！と言われても……」

まだ何も言っていないのに、入る前提で話が進んでしまっています。

入るだなんて、一言も言っていないのに……。

内心ではそう思っていたのですが、先輩が座っていたテーブルの上に置かれているものに興味を惹《ひ》かれました。

入らないと言って部屋から出されてしまうのはもったいないと思い、三人が話をしているのを無視してテーブルに近づきます。

「わぁ……」

そこには、漫画らしきものが描かれている紙がありました。紙には可愛《かわい》らしいイラストが並んでいます。

これらすべて、先輩方が描かれたものなのでしょうか?

だとしたら、すごい才能です。こんなにもすごい才能を持っている方がいるのに、どうして人が集まらないのか不思議でなりません。

……もしかして、習得までに時間がかかりすぎるとかなのでしょうか？

高校三年間では極めることが出来ないと分かり、半ば諦める形になっているとか……？

いえ、それでしたらどの部活動にも言えることです。

それ以外の理由があるということなのでしょうか……？

考えてみても、私には分かりそうにありません。

紙の周りには様々なペンや道具が置かれており、どれも使ったことがないもので興味をそそられます。文房具屋さんで見たことのあるものもあったのですが、どこで使うのかは知りませんでした。漫画を描く時に使うのですね。

これは……ペンでしょうか……？

「あ、触らないで！」

言われて、自分の手がペンに伸びていたことに気が付きます。

無意識のうちに、興味がそのまま行動になっていたようです。危ないところでした。

「申し訳ありません。とても大切そうなものを、傷つけようとしてしまいました」

「大切なものっていうか……あ！　そもそも見ないで!?」

先輩は急いで私の視界から紙を消そうと、手足を広げています。

見ないでという言葉に、本当に傷つきそうになります。

触りそうになったことよりも、悪いことをしてしまった気分です。

「ど、どうしてですか？　可愛《かわい》らしいイラストじゃないですか」

「素人絵だし、まだ完成してないから恥ずかしいんだよ！」

「そういうものなのですね……」

完成していないものが恥ずかしいという気持ちはなんとなく私にも分かるので、それ以上は何も言いませんでした。

むしろ先輩のほうが「あ！」と大きな声を上げ、さらに困惑した様子でこちらのほうを見てきます。

「も、申し訳ありません。タメ口で接してしまって……」

そんなことで、先輩に謝られてしまうとは。こちらが困惑したいくらいです……。

「いえ。そちらのほうが喋《しゃべ》りやすいでしょうし、そうなさってください。私のことも、気軽にエリムと呼んでくださって構いませんから」

「そ、そう……？」

「はい」

「わ、私もエリムちゃんって呼んでいい？」

小林《こばやし》さんが、ソワソワした様子で問いかけてきます。

「いいですよ」

彼女の場合はタメ口にもかかわらず敬称を付けていたのが不思議でならなかったので、そうやって呼んでくれるほうが自然に思えます。

「やったー！　嬉《うれ》しい！」

「そんなにですか？」

それにしても……。どこか先輩方から向けられる視線が変わったような気がします。

変わったというか……不思議な感覚です。

ひとまず、先ほどまであった私に対する恐怖がなくなったのは確かです。

それ自体は嬉しいのですが、手放しに喜べないような感じもします。

どうしてでしょうか？

「エリムちゃんは、漫画自体に興味はあるの？」

漫画を隠していないほうの先輩に、そう問いかけられます。

「はい、興味はあります」

「それならこっちの本棚にたくさん並んでるから、読んでみない？」

手で招かれ部室の奥に行くと、そこにはカーテンのかかった大きな棚が置かれていました。先輩がカーテンをめくると、漫画の単行本が所狭しと並んでいました。

「わぁ……」

ようやっと、いろいろな作品が並んでいるという本棚にお目にかかれて嬉しくなります。

「堂々と置いておくと無断で読まれたりもするし、日向《ひなた》に置いておくと良くないから、ちょっと奥に置いてるんだよね」

「そういうことなのですね……」

見えているのは背表紙だけですが、それすらも彩豊かで心躍ります。

この一角だけは、小さな本屋さんのようで素敵です。

よく見てみると、背表紙のイラストが繋《つな》がっているものを見かけました。

工夫が凝らされていて、すごいです。

まだ背表紙しか見ていないにもかかわらず、こんなに面白くて楽しいなんて。

中身はさぞかし面白いのでしょう。期待が高まります。

「こちら、手に取ってみてもよろしいのですか？」

「もちろん！　あ、でも丁寧に扱ってね。そこは、図書館の本と変わらずに」

「分かりました」

私はゆっくりと、本棚から目に留まった一冊を引き抜きます。

『紫陽花《あじさい》色の迷宮』

綺麗《きれい》なイラストの表紙です。

男女が手を取り合っている構図がいいですね。思わず見惚《みと》れてしまいます。

絵画についてならともかく、こういったイラストの良《よ》し悪《あ》しというのはよく分からないのですが、私にとってはすごく素敵に思えました。

登場人物の目がキラキラしている表現は、すごく可愛《かわい》くて好きです。

本を開き、中を見ていきます。

可愛いイラストがいくつも並んでおり、それがストーリーになっているようです。最初は読む順番に戸惑いましたが、ページをめくっていくにつれてペースを掴《つか》んできました。

ゆっくりと、読み進めていきます。

私が手に取ったものは、恋愛を描いているものだったようです。

主人公が一目惚《ひとめぼ》れをした相手に近づこうと奮闘する様子が描かれていました。

登場人物の心情だけではなくて動きも事細かに描かれており、物語が頭によく入ってきます。面白さに、ページをめくる手が止まりません。

いつの間にか、一冊を読み終わっていました。

興奮としか呼びようのないものが、私を包み込みます。

面白い……！

出来ることなら、続きが読んでみたい！

そんな私の心情を察するように、ニコニコとした先輩が問いかけてきます。

「どう、読んでみて。面白かった？」

「はい。ものすごく！」

「それは屈指の名作漫画だからね。発売されたのは私たちが生まれる前だけど、今でも新装版が出されるくらいに人気だし」

「そんなに昔の作品なのですね……」

その事実に驚きながら、確認するように読んでいた漫画の表紙を改めて見つめます。

確かに、いくぶんかの時代を経ているような保存状態です。

美しいのですが、避けられない風化を感じられます。

「描写がとても現代のようで、つい最近に出たものかと思いました」

「そう！　この作家さんって、予言みたいな作品が多いんだよね！　だからそこがすごくって……」

先輩から手を握られて熱弁され、思わず驚いてしまいます。

先輩もまさか、自分がそんな行動に出るとは思っていなかったのでしょう。

驚いていますし、同時にすごく申し訳なさそうでもあります。

「ご、ごめん。こういう話って部の人とはやり尽くしたから、知らない人と話せるのが新鮮で、つい」

「こちらこそつい、熱量がすさまじくて驚いてしまいました。それほどお好きなのですね」

「好き……うん、好き。だから、続き読んでほしいかな」

それはつまり、入部してほしいということなのでしょう。

私の気持ちは、ここに来た時よりもずっと入部に傾き始めていました。こんな素敵な作品が読めて、なおかつそれについて人と話せるだなんて、とても楽しいことに思えます。

「読めるのでしたら……すごく面白かったので、続きが気になります」

けれど、自ら入りますと言えるほど踏ん切りがついたわけではありません。

「最初から面白いと思える物語を選ぶなんて、エリムちゃんは漫画研究部の才能があるんじゃない？」

小林《こばやし》さんもそんなことを言って、私に入部を勧めてきます。

「そ、そうでしょうか」

それなら嬉《うれ》しいと思っている私が不思議です。

漫画研究部の才能というものがまず意味が分からないのに、それを喜ぶだなんて。

「で、でも……私は漫画なんて描けませんよ」

先ほど見た漫画のことを思い出して、私は更に踏みとどまります。

「描けるかどうかは、関係ないよ。たまたま私たち二人が描いてるってだけだし。歴代でも少ないって聞くかな」

「私も描けないよ。だけど先輩たちと話すのが楽しいから来てるし、廃部になってほしくないんだ」

「そんな感じ。どうかな？　入部してみない？」

頭をよぎるのは、両親の姿。

絶対に、反対されるでしょう。

怒られるのには慣れたとはいえ、訳の分からない部活動に入った上に成績が下がったとなれば……耐えがたい罰を受けることになるかもしれません。

「一度、考えさせてください」

ですから私は、すぐに頷《うなず》くことは出来ませんでした。

「そっか。じゃあ、いい返事を待ってるね」

「……ありがとうございます」

すぐに返事をしなくてもいいという事実に安堵《あんど》します。

「あ、小林は一応違う子にも声かけ続けてね。誰かが入ってくれないと、廃部になっちゃうし」

「えー、もういませんよー！」

「男子は？」

「女子しかいない部に男子が入ったら、大変なことになっちゃいそうですし……」

「それもそうか……」

ふと視線を下に落とせば、夕陽《ゆうひ》が室内に入ってきていました。

時計を見れば、もうすぐ部活動が終わる時間になります。ここに来てから、思っていたよりもずっと時間が経《た》っていたようです。

そろそろ帰らなくてはなりませんね……。

「あの、そろそろ」

「そうだね。帰ろっか」

「私たちは片付けてから帰るから、二人は先に帰りなよ」

「良いのですか？」

「元々これ出してテーブル汚したのは私たちだけだからね。それに、エリムちゃんはそんな事ないと思うけど、小林《こばやし》は勉強しないとヤバイでしょ？」

「そ、そんな言わなくてもいいじゃないですかー！」

慌てたように体を震わせる小林さんが面白くて、少し笑ってしまいました。

しかし……彼女の成績が問題なのであれば、勉強を教えるという口実で家に招くことも出来そうだなと思ってしまいました。

テスト前とか、いいかもしれません。

たしか、彼女は私と家の方向が一緒だったはずですから。

「じゃあ、いい返事を待ってるよ」

去り際、熱のこもった言葉を向けられます。

「はい。今日はありがとうございました」

「お疲れ様でした！」

二人で頭を下げて、部室を出ます。

そのまま目指すところも一緒なので、横並びに歩いて行きます。

「小林さんって、家の方向が一緒でしたよね？」

念のために、確認を取ります。

「うん、そうだけど？　一緒に帰る？」

「そうしてくれますか？」

「エリムちゃんさえ良ければ、ぜひー！」

手を、握られました。とても温かな手です。

こんな風に手を握られることがないので戸惑いましたが、私も手を握り返しました。

「わ！」

小林さんが、今日一番の笑顔になります。

「じゃあ、帰ろうか！」

「は、はい」

このまま懐かれ続けていたら、いつか抱きつかれるのではないのでしょうか……？

そんな疑念を抱《いだ》きながら、彼女と下校を共にするのでした。

○

「そういえば、漫画研究部の活動はどのくらいの頻度で行われているものなのですか？」

小林《こばやし》さんと一緒に帰路を歩きながら、私は基本的なことを聞いていなかったことを思い出しました。

勉強もあるので、せめて土日は行われていなければ良いのにと思いながらお聞きします。

「主な活動日は、月・水・金だけだよ」

思っていたよりも、少ないものでした。

どうやら土日どころか、平日にもない日があるそうです。

「……あれ？」

しかしそこで、疑問が出てきます。

「でも、今日は火曜日じゃあ……？」

「漫画を描いてる先輩たちは部室のほうが集中出来るらしいから、ほぼ毎日集まってるんだよ」

「なるほど……」

集中出来る作業の場としても、機能しているのかもしれません。

「ただ漫画があるってことだけじゃなくて、そういう活動も見せられたらなって思ってさ。今日見学に来てもらったんだ」

「そういうことだったのですね」

「先輩には、やめろって怒られちゃったけどねー」

私が知らないうちに、そういう会話も交わされていたようです。

「途中だと言っていましたが、そうだとしても素敵な作品でしたのに。完成したものであれば、見せてもらえるでしょうか？」

「どうかなぁ……。普段描いてるのは趣味だって言って私にもあんまり見せてくれないけど、文化祭とかで部誌として作る作品なら見せてもらえるよ」

「本当ですか。少し楽しみになってきました」

私の反応に、小林さんが本当に嬉《うれ》しそうに笑います。

「よっぽど気に入ったんだね」

不意をつかれたその言葉に、私は一瞬だけ足を止めてしまいます。

そんな風に、見えていたとは。

少し気恥ずかしくて、視線を逸《そ》らしてしまいます。

「気に入ったと言いますか、興味深いのですよ」

「その二つって、意味違うの？」

「違うと思うのですが……」

そうなのかなぁと言っている小林《こばやし》さんは、たしかに成績が危ういように思えました。

気に入ったと興味深いでは、絶対に意味が違います。

「まぁでも、入れるといいね」

「……そうですね」

本心で、頷《うなず》きました。

そうこうしているうちに、私の家の前に来ていました。

いつも歩いている道であるというのに、なんだか短い距離でした。

もう少し聞きたいことがあったのですが、今日のところはここで別れましょう。

「では、私はこれで」

家に招こうと思ったのですが、あまりぐいぐいと押しすぎても引かれてしまうかもしれないと危惧して、やめておきました。

「うん。また明日ねー」

帰れるか分からないという不安を抱《いだ》いたまま、また明日と手を振り返してお別れします。

それでも無事に家の中へ入ることが出来たので、安心しました。

もしかしたら、普段はやらない『漫画を読む』ということをしたからかもしれません。

であれば、漫画研究部に入るのも手なのでは……？

いえ、入ってしまえば普段やらないことにならなくなってしまうので、やはり人を招く必要があるかもしれません。

求愛性少女症候群は、変わらず難儀です。

「ただいま帰りました」

「おかえりなさいませ、お嬢様」

いつもならそのまま部屋に籠って一切出て行かないのですが、今日は違います。

両親に、部活動へ加入しても良いかどうかを相談しなければなりません。

とはいえ真正面から言ったところで、即座に却下されるのは目に見えています。

部屋へ戻り用意された食事を摂《と》りながら、どうすれば良いのかを考えます。

違う部活動に入ったということにしましょうか？

いえ、そんな嘘《うそ》はすぐにバレてしまいます。嘘をつかれたことによって生じる怒りのほうが、きっと彼らは強いでしょう。

であれば素直に言うしかないのですが、それが一番問題でしょうし……。

そもそも、両親は漫画を本当に嫌悪しているのでしょうか？

考えているうちに、ふとした疑問を抱きます。

もう少し昔であれば世間的に漫画は俗っぽいものという認識が強かったように思いますが、今となってはアニメを含めて日本の文化の一つとなっています。

であれば、嫌悪する必要はないのでは……？

いえ、あの頭の固い両親のことです。

もしかしたら、未《いま》だに文化としてすら認めていない可能性があります。

まずは、そこを確かめる必要があるかもしれません。

彼らが漫画を文化として認めているのならば、話が早くなります。

それに、一縷《いちる》の望みを託しましょう。

私は嫌々ながらも部屋を出て、両親がいるであろうリビングに向かいます。

彼らのいるリビングに行くのは、かなり久しぶりです。

かつてメイがいてくれた時は彼女が言うことだからと、仕方なく家族と過ごしたりしていたのですが、彼女がいなくなってからはすべてを部屋の中で済ませるようになりましたから。こういうのは、令嬢で良かった点でしょう。

長い廊下を歩いて、リビングの扉の前に来ました。

リビングの中の音が、やや外に漏れて聞こえてきます。今は、映画でも見ているのでしょうか？　ゆったりとした音楽と、英語での話し声が聞こえてきます。

ドキドキと、心臓が高鳴ります。

逃げ出したいと、思ってしまいます。

部活動なんて入らなくてもいいのではないか。勉強の時間が減ったら成績が悪くなってしまうのではないか。

漫画なんて、家を出てからいくらでも読む機会があるのではないか……。

そんな正論が、私の頭の中に浮かびます。

それでも諦めるのは嫌だと、私は思っていました。

どうしてなのか、自分でも分からないほどの衝動。

私は意を決して、その扉を開きます。

「失礼します」

扉を開けると、ソファに座りながら映画を見る母がいました。

どうやら、父はいないようです。もしかしたら、まだ仕事をしているのかもしれません。

母が映画の再生を止め、こちらを向きます。

母と向き合うのはとても嫌ですが、二人を同時に相手取るよりかはマシだと思いましょう。

「……どうしたの？　貴方《あなた》がここに来るなんて、どういう心変わり？」

向けられる視線が、とても鋭いです。

守ってくれる人もいなくなった今、自分の勇気だけしか頼りになりません。

「欲しいものがあるのですが、買っても良いものなのだろうかと思いまして。ご意見をうかがいに参りました」

「……何を買うつもりなの？」

『紫陽花《あじさい》色の迷宮』という、漫画です」

漫画研究部で読んだ作品のタイトルを、そのまま口にしました。

そこまでは良かったのですが、漫画という言葉に、母の口元が歪《ゆが》みます。

口から出てくるのは、乾いた笑い。

鋭い視線は、私のことを非難する視線に変わります。

「貴方《あなた》、そんなものにうつつを抜かしている暇はあるの？」

「友人が読んでいましたので、交流を図るためにも……」

「そんな友人が、貴方に対して何をしてくれるというの？」

「何をして、って」

「貴方に悪影響を与えるばかりじゃないの？と言っているの」

そんなことはないと、咄嗟《とっさ》に言えませんでした。

「――っ」

「貴方のようなまだまだ努力が必要な人間にうつつを抜かすように勧めてくる友人となんて、付き合いをやめてしまいなさい」

母の言葉に、私の中で反発心が芽生えるのを感じます。

努力が必要であることは、私にも理解出来ます。

けれど、だからと言って友人関係にまで口出しされるのは納得がいきません。

そんな風に言われる友人との関係はこれからも続けようと思いますし、漫画研究部に入ろうと決意しました。

「……それだけ？」

何も反応を返さない私に痺《しび》れを切らしたのか、母が呆《あき》れたように問いかけてきました。

これ以上話す必要がないので、私は頭を下げます。

「ええ。時間をお取りして申し訳ありませんでした」

「ええ。もう馬鹿なことは言わないでちょうだい」

そう言うと、母は私に背を向けて映像を再生させました。

その背中に呪いをかけつつ、リビングを出ます。

出た途端に、大きなため息が出てきました。

どうやら私の母は、漫画を文化として認めていないようです。

なんて遅れた感性の持ち主なのでしょう。

母がこれなら、きっと父もそうに違いありません。

両親がこんなだから、私は俗世に馴染《なじ》めないのです。

一体何度、何も知らないために驚かれたか……。

裏アカウントに吐き出す言葉を思い浮かべながら、部屋に戻るのでした。

○

今日の放課後に漫画研究部の部室へ行き、入部することを宣言しましょう。

そう考えながら学校に向かい、いつものように授業を受けました。

ふとした瞬間に小林《こばやし》さんと目が合うことが多かった気がするのですが、彼女は何も言ってはきませんでした。私に対する、彼女なりの配慮なのでしょうか。

だとしたら、入部すると伝えて安心させたほうが良いかもしれません。

「小林さん」

「はぇ!?」

ひとまず話をする場を設けるためにも、お昼ご飯のお誘いをしようとしたのですが……

何故《なぜ》か過剰に驚かれてしまいました。

振り返ってこちらを見る目が、動揺でせわしなく動いています。

「え、エリムちゃん。どうしたの……？」

「お昼ご飯、一緒に食べませんか？」

「た、食べていいの？」

「都合が悪いのでしたら、無理にとは言いません」

「い、いやいやいや！　食べよう食べよう！　今お弁当出すね！」

慌てた様子でお弁当を出す彼女には、一体何があったというのでしょう？

私の話を切り出すより先に、彼女をどうにかしなければという思いが芽生えてきました。

「どうしたんですか、そんなに落ち着かない様子で」

だからこそ、二人で向き合ってお弁当を食べ始めてからそう話を切り出します。

彼女の口からは「えっ」と、思ってもなかったような声があがります。

どうやら、落ち着かないという自覚すらなかったようです。

「そ、そんなに落ち着いてなかったかな？」

「はい。それに、やたらと私のほうに意識が向いてませんでしたか？」

「そうだった……？」

「はい。授業中にもかかわらず、よく目が合っていましたから」

「うわー……そんなにか……」

どこか悔しそうに、小林さんはうつむきます。

今はお弁当が手にあるから出来ませんが、無ければ机に伏していたかもしれません。

やがてゆっくりと彼女は顔を上げると、そのまま口を開いて話し始めました。

「エリムちゃんが入部してくれるか、すごく気になってさ。それでずっとソワソワしてた」

……どうやら、私が原因だったようです。

もしかするとそうかもしれないとは思っていたのですが、彼女の世界は広いはずなので、また別の原因があるのかもしれないと結論づけていました。女子高校生は、主に恋愛で悩んでいると聞きますし。

「そうだったのですね。それは申し訳ありません」

「いやいや!? 謝らなくていいよ! 私が勝手にソワソワしてただけだからさ」

必死に、私は悪くないのだと主張されます。

「それに、無理して入部もしなくていいからね。エリムちゃんの家なら、門限とかあってもおかしくないだろうし……」

「それなのですが、私は入部することに決めました」

これ以上彼女にうつむいてほしくなかった私は、入部することをはっきりと宣言しました。

元々言うつもりだったので、何もおかしくはありません。

「……え?」

小林《こばやし》さんの目が、一瞬にして見開かれます。

そのあと少しだけ嬉《うれ》しそうな顔になりましたが、首を横に振ってその顔に険しい表情を浮かべ直します。

喜んでくれないのでしょうか?

「ほ、本当に？」

どちらかと言えば、まだ疑っているような……？

本当に入るとは、思われていなかったのかもしれません。

自分でも入るとは思っていなかったので、彼女がそうなるのも無理はないように思います。

「ええ。本当です」

嘘《うそ》を言っても、どうにもなりません。

「ま、漫画研究部にだよね？」

「そうですよ。漫研に、です」

これから入るのですから、略称で話したほうが良いだろうと思い、そう言います。

……なんだか少し気恥ずかしいです。

そんな私の様子を見て、小林さんはようやくちゃんと笑顔になってくれました。

「良かったぁ……」

安心しきった穏やかな笑みに、私も笑顔にさせられます。

こんなに喜んでくれるのであれば、母に反抗して入ることを決意した甲斐《かい》がありました。

けれど、漫研は元々私が入らなければ潰れていただろう部活動。

それが潰れないことを喜んでいるのかもしれません。

「それは、部が存続することに対してですか？」

だから、思わず言ってしまいました。

少々いじわるだと思いつつ、否定されることを期待して問いかけます。

もしも肯定されてしまったら、私が傷ついてしまうのですが、それも承知して問いかけました。

「それもないとは言い切れないけど……エリムちゃんが入部してくれるのがすっごく嬉《うれ》しいよ」

私の思惑通り、小林《こばやし》さんはそう答えてくれました。

それがあまりにも嬉しくて、笑みが止まらなくなりました。

その後からの昼休みも授業も全部、笑みが浮かぶのをじっと堪《こら》える羽目になったのでした。

○

放課後になりました。

「よし、それじゃあ部室に行こう！」

「はい」

まさに元気いっぱいといった様子の小林さんと一緒に、漫研の部室を目指します。

「今日は多分、自己紹介をする日になると思う。昨日はいなかった先輩も、今日は来るはずだし」

「もう一人いらっしゃるということでしょうか？」

「そうそう。四人いたら、正式な部活として認められるんだよ」

ここにきて、初めて必要な部員数を知りました。

今まで気にもしていなかったのですが、四人でいいのですね。てっきり、十人くらいはいないと認められないのかと思っていました。よく見かける運動部などは、おおよそですがそのくらいはいるはずですし。活動が盛んで頻繁に大会などに出ている部活なんかは、その倍くらいの人数がいるような気がします。

……あれ？　そこで、疑問が出てきます。

「……既に四人いらっしゃるのに、廃部の危機だったのですか？」

小林さんに、昨日見かけた先輩二人、そして昨日はいらっしゃらなかったという先輩が一人。合わせると四人で、部活動として認められる人数になっています。

それなのに、何故《なぜ》？

「今は四人いるんだけど、部長が……昨日入部を勧めてくれた先輩が三年生だから、もうすぐ引退しちゃうんだよね。だから、誰かに入ってもらわないといけなかったんだ」

「なるほど」

そういうことだったのですね。

四人というギリギリの人数だからこそ、廃部の危機が常に付《つ》き纏《まと》っているのかもしれません。

というか四人のうち二人が先輩ということは、来年には最低二人を入部させねばならないということになります。

二人と言わずもっと入部させることが出来れば……途中で廃部の危機に陥るということもなくなるのではないでしょうか。

「来年の部活勧誘の時は、もっとしっかりせねばなりませんね」

「エリムちゃん、その発想はいいけど早すぎない⁉」

「早めから考えておくのは大事ですよ。だって、今年の紹介は全然印象に残ってないんですよ？　印象にも残らない部活に、誰が入るっていうんですか？」

「そ、それ絶対先輩に言ったらダメだよ⁉」

「え、どうしてですか？」

「先輩へこんじゃうから！」

「そういうものですか？」

「そういうものです！」

言わないと改善しないのではないかと心配になりましたが、小林《こばやし》さんの必死な表情を見て、言わないようにしようと思うのでした。

そんなことを話しているうちに、部室についていました。

夢中になって話をしていたおかげか、あまり遠いとは感じませんでした。

「お疲れ様ですー」

昨日の彼女を真似《まね》しながら、部室内に入ります。

「あら、誰もいませんね」

昨日は入ってからすぐのところにあるテーブルを囲んで漫画を描いている先輩がいましたが、今日はいらっしゃらないようです。

「ううん。扉が開いてるから、誰かはいるはず。奥で漫画読んでるのかも」

彼女の言葉を聞き、二人して奥へ向かうと本棚の前にあるソファに座って見知らぬ先輩が漫画を読んでいました。

先輩は私たちの気配を感じたのか、漫画本からゆっくりと顔を上げます。

「お疲れ様」

「お疲れ様ですー」

「お疲れ様です」

目の前の先輩は、昨日話した先輩方よりもずっと落ち着き払っていました。張り上げない、淡々とした声も落ち着きを感じさせます。

その先輩は、私をじっと見てきます。

私の顔に、なにかついているのでしょうか……？

このまま見つめられ続けたら、もしかして穴が空いてしまうのでは。

そう思い始めていたところで、先輩がパタリと漫画を閉じました。

それと同時に、口が開かれます。

「……小林《こばやし》、無関係の人を部室に招いたらダメでしょ」

静かではありますが明らかに怒っている口調で先輩は、そう指摘します。

む、無関係の人……！

思わず、小林さんのほうを見てしまいました。

小林さんは驚いたような目で先輩を見た後、笑いながら首を横に振ります。

「違いますよー。この子は、今日入部したエリムちゃんです！」

「今日」

相槌《あいづち》の「そう」と同じトーンではありましたが、どうやら先輩は驚いているようです。

昨日は見かけなかった先輩なので、私が見学に来たことも知らなかったのかもしれません。だとしたら、無関係の人だと思われても無理はないでしょう。

それはそれとして、先輩の言葉が私の心を刺したのも事実です。

これから、いい関係が構築出来れば良いのですが……先行きが不安です。

「エリムと申します。よろしくお願いします」

「私は佐々倉《さ さ くら》。……知らなかったとはいえ、失礼なことをしてしまってごめんなさい」

先輩は丁寧に漫画を隣に置くと、そのまま立ち上がって私に頭を下げてきました。

第一印象から思っていたよりも、素直な先輩のようです。

「か、顔を上げてください。知らなければ、仕方ありませんよ」

「そう言ってくれると嬉《うれ》しい。こちらこそ、これからよろしく」

そう言うと先輩は、再びソファに座り直して漫画を手に取りました。

その漫画は、私が昨日読んでいた『紫陽花《あじさい》色の迷宮』です。

昨日見たものと違うイラストが使われている表紙ですので、違う巻なのでしょう。

「佐々倉先輩も、そちらの作品を読まれているのですね？」

「あ、うん。これは二周目」

「にしゅうめ……？」

聞き慣れない単語に、思わず首を傾《かし》げます。

すると先輩も困ったように首を傾げました。

何が分からないのか分からないとでも言いたげな表情です。

「一回全部読んで、もう一度最初から読み直してるってことだよ」

慌てたような小林《こばやし》さんが、そう説明してくれました。

「なるほど。最後まで読んでから読み返すのであれば、また新しい発見がありそうですね」

ミステリー小説でも、一周目では何となく流していたところが二周目ではハッキリとした伏線だと分かるという経験をしたことがあります。

漫画でも、それは変わらないのでしょう。

とはいえ、私はまず一周目を読まなければなりません。

「お疲れ様ー」

その時、二つの声が部室の入り口から聞こえてきました。

声のほうを振り返ると、昨日お会いした先輩方がいらっしゃいました。

三人それぞれ、お疲れ様と返します。

「あ、エリムちゃんだ！」

「は、はい」

先輩方は入り口付近にある椅子に荷物を置くと、そのままこちらの本棚へとやってきました。そんなに狭くはないはずなのですが、五人いると狭いように感じてしまいます。

本棚からの圧力もあるのかもしれません。

「ここにいるってことは、もしかして入部するって決めてくれた!?」

部長であるらしい先輩が、私の手を取りました。その勢いに押されそうになりますが、入ることには変わりないのでその手を握り返します。

「はい。不束者《ふつつかもの》ですが、これからよろしくお願いいたします」

「ふふ、嫁入り前みたいだね」

「そ、そんなつもりは……」

部活動というものの距離感が掴《つか》めていないせいでしょう。早く掴みたいものです。

「だとしても、重苦しく感じなくていいんだよ。補習で休んだりしても怒ったりしないからね！」

「そ、それでいいのですか？」

「うん、まぁ。小林はそれでよく休んでるし」

「えへへ……」

恥ずかしがるというより、照れているような小林さん。

やっぱり勉強を見るという口実で家に招けそうですね。そろそろテストですし、誘ってみるのも良いかもしれません。

「そういえば、先輩方のお名前を伺っていません」

「あ、そっか！　私は部長の岬《みさき》で、こっちは副部長の鏑木《かぶらぎ》。よろしくね」

「よろしくー」

「よろしくお願いいたします」

「じゃあ、新入部員も入ったことだし！　それぞれの好きな作品のプレゼン大会でもしようか！」

「どうして？　そんなこと、したことなかったはず……」

鏑木《かぶらぎ》先輩の提案に、佐々倉《ささくら》先輩が疑問を持ちます。

「エリムちゃんって、今まで漫画読んだことあんまりなかったらしいんだ。だから面白い作品に出会ってほしいなと思って、考えてたんだ。それに普段しないから、新鮮で良くない？」

「二人の原稿がそれで間に合うなら、やってもいいと思うけど」

佐々倉先輩の言葉に、言われた二人の口から呻《うめ》き声《ごえ》が出てきました。

どうやら二人が描かれている漫画には、締め切りがあるみたいです。

本物の漫画家みたいで、すごいですね……。

「ま、間に合うはず……」

「だ、大丈夫大丈夫。たまには息抜きも必要だから……」

言葉の割に、全然大丈夫に見えないのはどうしてなのでしょうか？

「あの、無理に私のために何かをしていただかなくとも……」

そう言って止めようとしたのですが、お二人は首を横に振るばかりです。

「大丈夫！」

「エリムちゃんのためというより、もはや自分のためでもあるから！」

それはそれで、あまり嬉《うれ》しくなってしまうのですが……？

「じゃあ、私から行きます！」

そうして始まったプレゼン大会は、日が暮れるまで続きました。

私は紫陽花《あじさい》色の迷宮のみならず、いくつかの漫画を読むことがそこで決まったのです。

○

漫研に入ってからしばらく経《た》った日の帰宅時。

家に入ると、真っ先に母の姿が見えました。普段ならば出迎えなどしないはずなのに、一体どうした心持ちなのでしょう？

もしかして、漫研に入ったのがもうバレてしまったのでしょうか。

だとしたら困ります。

まだ、お勧めしてもらった漫画の半分も読み終わっていません。

「ただいま帰りました」

「おかえりなさい。……貴方《あなた》、最近帰りが遅いそうね」

この口ぶりからするに、まだバレてはいないようです。

この母のことです。バレていたとしたら、こんな遠回しな言い方はしません。

ひとまず、安心して良いでしょう。

それに、帰りが遅いという事実はいつか指摘されると思っていました。以前お世話になっていた図書館の閉館時間よりも、遅くなっているのは事実だからです。

こういった状況を想定してシミュレーションしていた言葉を、そのまま返します。

「はい。友人の勉強を見てあげています」

嘘《うそ》ではありません。小林《こばやし》さんの勉強を時々見てあげているのは事実です。

ただ、それだけが帰りが遅い原因ではないというだけです。

「そんな余裕が、貴方《あなた》にあるの？」

「友人の勉強を見ることで復習になりますし、自らの中でもまた理解が深まっているのを感じています。これは一人では出来ないことです。それに」

「それに？」

「友人からは、私の苦手分野を教えてもらっています」

その苦手分野というのはもちろん勉強ではないのですが、そこまでを答える義理はありません。

「悪いことではないと、思うのですが」

私が言葉を発する度に、母は苦々しい表情を表に出してきます。

何か言いたげに口を動かしていますが、言葉は何も出てきません。

「これ以上、弁明が必要でしょうか？」

耐えられなくなった私のほうが、先に口を開きます。

聞こえる舌打ち。

それは目の前の、母からです。

私に対しては下品だと言うのに、自分は良いのでしょうか……。

「……次のテストの点数が、良いか悪いか証明してくれるはずだわ！」

やがて何とか絞り出したのであろう言葉を一方的に言い放つと、母は背を向けて去っていきました。

玄関には、私だけが残されました。

まるで捨《す》て台詞《ぜりふ》のような言葉に、思わず呆気《あっけ》にとられます。

そういえばとある漫画で、主人公の恋敵が主人公へこんな風に捨て台詞を吐いていくシーンがあったような……。ここに至るまでの経緯こそ違いますが、吐き捨てられた主人公もこんな気持ちだったのでしょうか？

そのことを知らなかった頃の私なら、主人公と同じように寝る前に思い出して嫌な思いをしていたかもしれません。

けれど私はあの主人公と同じ状況なのだと思うと、面白くてたまらなくなってしまうのでした。

そんなことのあった、翌日。待ちに待った放課後に、漫画を読んでいた時のことです。

その日は委員会や補習で、私と岬《みさき》先輩しか部活に来ていませんでした。

先輩は原稿と向き合い、私はお勧めされていた漫画を読んでいました。

一作読み終わる度にお勧めされる作品が増えていくので、中々読み切れません。

けれど、読むものがたくさんあるということは幸福です。

部室に置かれている作品は、どれもとても面白いものでした。

「エリムちゃんってさ」

そんな時、声をかけられたので顔を上げます。

「はい？」

「漫画みたいなイラストって、描いたことないよね？」

原稿と向き合っていた岬先輩が、突然そんなことを聞いてきました。

「そのようなイラストは、描いたことはないですね」

美術の授業で絵を描くことはありますが、あれは漫画とはずいぶんかけ離れています。

そもそも、漫画のようなイラストを描いてみようという発想すら思い浮かんだことがありませんでした。

勝手に、自分には描けないものだと思い込んでいたというのもあります。今まで知らなかったせいで、やや神格化している節があるかもしれませんが。

「どう？　描いてみない？」

「えっ」

そんな私に、先輩はそのような提案をしました。

思ってもいなかった言葉に、驚きを隠せません。

私が、イラストを……？

「そんな顔しなくても。別に上手《うま》く描けないからって、何かあるわけでもないし」

言いながら、空いている先輩の隣の椅子が引かれます。椅子の前のテーブルには紙と鉛筆とボールペンが置かれ、座ったら描けるように整えられます。

「ですが……」

「描いてみたいって思いはない？　ちょっとでもさ」

「う……」

そう言われてしまえば、簡単に首を横には振れません。

こんな風にイラストが、あわよくば漫画が描けたら楽しいだろうなとは思います。

小説を読んでいる時も、自分だったらこういったストーリーにするのにと思うこともありました。

けれど、描けるかどうかは別です。上手《うま》く描ける自信は、当然ながらありません。

先輩は上手く描けなくても何かあるわけではないと言いましたが、私の心には変化が起こるはずです。やはり私には何の才能もないのだと失望してしまう未来を、自然と思い描いてしまいます。

それがたまらなく怖く、ソファから動けません。

「エリムちゃんは、誠実なんだろうね」

先輩は立ち上がり、私のそばに座って様子をうかがいます。

その立ち振る舞いからは、申し訳なさが感じられました。

「……上手く描けないの、そんなに怖い？」

「はい……」

私は思わず、素直に頷《うなず》いてしまいました。

ただ描くことが嫌、もしくは恥ずかしいのだと誤魔化《ごまか》せば良かったのに、上手く描けないことが怖いのだと自分の感情そのままに伝えてしまったのです。

これには、言ってから自分のほうが驚きました。

「あ、いえ、怖いわけではなくて……」

「ううん。気持ちは分かるよ」

必死に取り繕う私の目をしっかりと見据えた先輩が、私の怖さをそのまま受け止めます。

「今時はすごい技術を持った人が、私たちと大差ない年齢だったりするからね」

「……それは、たしかに」

「そうじゃなくても素敵な作品がこんなに世に出ている以上、自分が描かなくてもっていいう思いもあると思う」

そこまで考えていたわけではないのですが、先輩は言葉を重ねます。

「でもね、それでも描いてみたいって感情は大事にしたほうがいいんだよ。失敗したとしても、何かをやってみたということは、とても尊いことだからね……」

「はぁ……」

まるで、自分に言い聞かせているようだと思いました。

けれど、そんな先輩の励ましは自然と私の心にも沁《し》みていきます。

何かをやってみたいという思いは、とても尊いことなのだと……。

「……描いてみても、いいですか」

「もちろん！」

その言葉を待っていたとでもいうように、先輩は一気に表情を明るくしました。

そうして立ち上がると、元の椅子に座り直します。

私は意を決してその隣に座り、鉛筆を手に取り紙と向き合います。

「とりあえず、好きなシーンを模写してみようか」

「模写、ですか」

何を描こうか決めかねていた私に、先輩がそう言います。

「すべての道は真似《まね》ることから始まるのが創作活動だからね。好きなシーンのある漫画、咄嗟《とっさ》に出てくる？」

「好きなシーン……」

私は再び立ち上がり、本棚から『紫陽花《あじさい》色の迷宮』一巻を取り出します。

「私は、ここの主人公と男の人が初めて会うシーンが好きです」

「いいシーンだよね、ここ」

先輩はどこかから書見台を取り出すと、そのシーンを開いたまま固定してくれました。

「じゃあ、頑張ってみようか？」

「はい……！」

ゆっくりと、紙に鉛筆を滑らせます。

しばらく、夢中になって描いていました。

自分が思っていた以上に、イラストを描きたいと願っていたのかもしれません。

でなければ、こんなに集中して描けるはずがありませんし。

トーンというもので出来ているきらびやかな柄などは除き、線で描かれている部分は描けたはずです。

そろそろ、それらしい形になってきたのではないでしょうか。

「わぁ……」

鉛筆を置いて、紙から顔を上げます。

いつの間にか、夕陽《ゆうひ》が部室に差し込んでいました。

思っていたより、時間をかけてしまったみたいです。

「……すごい」

「わっ」

すぐ耳元で小林《こばやし》さんの声が聞こえたので、驚いてしまいました。

いるのなら、言ってくれればいいのに。

そう思いながらふと周りを見回すと、部室には部員が集合していました。

時間はかなりかかったようですから集合していてもおかしくはないのですが、それに気が付かなかった自分に驚きます。

もしかして、何か言われても反応を返さなかったとかでしょうか……。だとしたら、すごく感じが悪いかもしれません。謝らなければならないでしょう。

「すごいよ、これ」

そんな私の思惑など杞憂《きゆう》かのように、その場にいる皆が皆、私の目の前の紙に視線を集中させていました。

私が模写をした、その紙にです。

「初めての模写とは思えないくらい、綺麗《きれい》」

「ビックリするよね」

「うん。この綺麗さにもビックリするけど、集中力にも驚いた。全然反応しないんだもん」

それぞれが口々に、私が模写したものを評します。

「エリムちゃんに、こんな才能があっただなんて……！」

小林《こばやし》さんが言う『才能』の二文字に、私は震えます。

才能であれば、どれだけ良かったでしょう。

けれど、模写は真似事《まねごと》。真似事が上手《うま》かったところで、何にもなりません。

「……観察が、上手く出来るだけです。これを何も見ないで描けと言われても、難しいですよ」

「それはどうかかな？」

岬《みさき》先輩がどこからか、彩豊かで細い人形を取り出しました。

なにかの漫画のキャラクターなのでしょうか。可愛《かわい》らしいものです。

「これは、一体？」

「動かせるフィギュアだよ。これに描きたいポーズを取らせて、それを元に絵を描くの」

「デッサン人形の代わりですか？」

「そうそう。こっちのほうが可愛いから、この部ではこの子にお世話になってる」

人形の意味は、分かりました。けれど、取り出した意味は分かりません。

「……それが、一体なにに関係するんですか？」

「ちょっと待ってね」

岬先輩はあーでもないこーでもないと腕や足をぐるぐる回した後、とあるポーズで固定しました。そのポーズは、椅子に座っているといったところでしょうか。実際には椅子ではなく先輩のペンケースに座っているのですが、ポーズとしては変わりません。

「このポーズで、迷宮の主人公を描いてみて」

「え、でも……」

「お願い」

岬先輩の真剣な視線に突き動かされ、私は再び鉛筆を握りました。渡された二枚目の紙に、指定されたポーズを取っている主人公を描こうと、必死になります。

先ほどまでと違い、見られているという意識が働いてとても恥ずかしいです。

けれど、いつの間にやら鉛筆で描くのが楽しく思えてきました。

その楽しさを保ったまま、しばらくして描き終わります。

描き終えてから、自分では良《よ》し悪《あ》しが分からないということに気が付きました。これは、どう見られているのでしょう。

「ど、どうでしょうか……？」

誰も言葉を発しなかったので、自らで求めます。

すると、ため息が出されました。下手、ということなのでしょうか？

模写ではないので、当然と言えば当然です。

やはり、私には才能なんて……。

「やっぱり、上手《うま》いね」

聞こえてきた言葉に、思わず顔を上げてしまいました。目の前には、驚いた目で私の絵を見つめる四人がいます。驚いたというよりかは、感心しているというほうが近いかもしれません。

自分の絵に感心していると思うのは、すごく恥ずかしいことですけれど、そう思えてしまったのだから仕方のないことです。

「ずっと描いてきたアタシより上手いの、心が折れそうになるね……」

「天性の才能に技術や知識が加われば、きっともっと開花すると思う。美術部と兼部にしたらいいんじゃない？」

「それは……美術部のほうに傾倒されたら困るから、本人次第で」

「エリムちゃんって、本当にすごい人だったんだねー！」

勢いのまま、ついに小林《こばやし》さんに抱きつかれてしまいました。

聞こえてくる言葉がすべて信じられないもので動揺しており、小林《こばやし》さんのなすがままに腕を回されてしまいます。

それを恥ずかしいと思うこともなく、私はどうすればいいのか分からずに困惑してしまいました。

「……お、お世辞は結構ですからね？」

「そんなトーンに聞こえる？」

「き、聞こえません……」

聞こえないから、動揺しているのです。

だって、そんな。こんなことって、あるのでしょうか？

「漫画を読んだことなかったエリムちゃんからしてみれば、嬉《うれ》しくないかもしれないけど……」

「そんなことありません。すごく、嬉しいです」

心から、そう思えました。

それはイラストを上手《うま》く描けるからというより、周りの皆さんに褒《ほ》めてもらえるからでしょう。

今まで堂々と褒められたことのなかった私にとって、こんな風にキラキラとした目を向けられながら褒められるという経験は、とても尊いものです。

嬉しくないわけがありません。

「だとしたら、良かった」

もっと褒められたい。私の中には、そんな欲望が目覚めてしまいました。

「あと私、漫研が好きなので美術部には行きません」

それはきっとここでしか満たされないだろうと思い、ここに留《とど》まることを主張します。

「それでいいの？」

「はい。ですので、こういったイラストについて教えていただきたいです。お願いします」

そして、私は頭を下げました。

「顔を上げてよ。そんなに頼み込まなくても、いくらでも教えるよ」

「うんうん。あわよくばエリムちゃんの描く漫画、読んでみたいしね」

「私の描く、漫画……」

その響きが、私にはたまらなく素晴らしいものに聞こえました。

描けるのであれば、描いてみたい。

自然と私は、そう思ってしまうのでした。

○

それから私は漫研で漫画を読むのと並行して、イラストを描くようになりました。

描くことが楽しいので、ほぼ毎日通っています。先輩たちから描く手法などを教わり、自分でも上手《うま》いのではないかと思えるほどになってきました。

また、描けば描くほど漫研に馴染《なじ》んでいくような感じがしています。

それが嬉《うれ》しくて、より一層イラストに集中する……そういった循環が起こっていました。

「本当はタブレットが使えたらもっと楽に自由に描けるんだけど、この部に予算がないんだよねー……」

「フィギュアとかも私物だしね」

「そうなんですか？」

てっきり部費で購入しているものだと思っていたのですが、どうやら違うようです。

「そうそう。大会で実績があるわけでもないから、予算はほとんど充てられてないんだよ」

そういえば、大会などの公に出る機会はなさそうに思えます。

それで学校の宣伝にならない限りは、予算は充てられないのでしょう。

とはいえ公の場に出ると両親にバレてしまうので、私としては安心材料でもあります。

「エリムちゃんの家には、使えそうなのある？」

「あることにはありますが、こういった用途には使わせてくれないと思います」

「おぉ、やっぱり厳格なんだね……」

無駄にと、心の中で呟《つぶや》きます。

「たとえ自分用として購入したとしても、何をしているかは確認されてしまいそうです」

「つらいねぇ……」

「でもアナログでここまで描けるんなら、アナログでの良さを伸ばしていったほうがいいと思う」

「それはそうかもしれない」

「どんな形であれ、エリムちゃんならすごい絵を描いてくれるよ！」

言いながら、後ろから抱きついてきます。

そんな小林《こばやし》さんの頭を、髪の毛が崩れない程度に撫《な》でます。

抱きつかれると恥ずかしい。

今ではもう、そんな感情はなくなっていました。不思議なものです。

そんな風に小林さんからのスキンシップが日常となったある日のこと。

そろそろ文化祭の準備を学校全体が取り組まなければならないと、活気に満ちてきた頃でした。

その日は前もって全員に対する招集がかけられ、部活に来ても漫画を読まずにテーブルを囲むこととなりました。

岬《みさき》先輩が、全員の視線の中央に立ちます。

「今日は全員にお知らせがあります」

こんなことは滅多《めった》にないと事前に聞いていたので、なんなのだろうと疑問符が沢山頭に浮かんでいます。

……もしかして、廃部？

そんな。そんなまさか。

そうだったら、すごく困ります。

まだまだ読みたい漫画もありますし、イラストは描き続けたいですし……。

何より、ここで得た交流を手放したくありません。こんな居心地の良い場所をまた見つけるなんて、きっと難しいです。

思わず手を握りしめ、先輩が口を開くのをじっと見つめます。

「文化祭で配られるパンフレットの表紙ですが、今年度は漫研が担当することになりました！」

私の予想とはかけ離れた岬《みさき》先輩の宣言に、私と小林《こばやし》さんを除く二人が驚きました。

その驚き方のほうに、私は驚いてしまいます。

そんなに驚くことということは……本来なら漫研は担当していなかったのでしょう。昨年も担当していたのであれば、こんなに驚くはずがありません。

「な、なんでそんなことをアタシたちが任されてるわけ……？」

「私のほうから、生徒会長に頼んだからね」

「なんでそんなことしたの!?」

「エリムちゃんのイラストが表紙のパンフレットを、欲しいと思ったから」

「えっ」

突然私が話題に上がったことに、驚きを隠せません。

皆さんの視線が、一瞬にして私に集まります。

私のイラストが、表紙に？

それはとても喜ばしいことのように思えましたが、同時にとても恐ろしいことのようにも思えました。

私の描いたものが、全校生徒のみならず近隣住民や他校の生徒にも見られてしまうでしょう。きっと、私の両親にも……。

ここでの活動がバレてしまったら、私は退部させられてしまうでしょう。

そうしたらきっとこの部は、当初の予定通り廃部になってしまうかもしれません。

嫌な予感ばかりが、私の頭を埋め尽くします。

無意識に、自らの肩を抱いていました。

そんな私の意図を知らずとも心配してか、先輩は私の隣に来てそっと手を取ります。

「もちろん、いつもと同じように私たちもサポートするよ」

そこでようやく、作品の出来についての心配もしなければならないのだということに気付きました。文化祭のパンフレットです。生半可な出来のものでは、失望されるばかりでしょう。

それなのに、どうして最近描き始めたばかりの私が選ばれているのでしょうか。

もしも私がこの部から人を選ぶとすれば、何年も絵を描いている先輩方を選びます。

それなのにどうして、先輩は私を選んでいるのでしょう。

「エリムちゃんのイラストの魅力を、皆にも知ってもらいたいと思ったから」

何も言わずとも私の問いかけが伝わったのか、岬《みさき》先輩は『どうして』に対する答えをくれました。

先輩の目は真剣です。真剣がゆえに、私はたじろいでしまいます。

「そ、それなら部誌を作るとおっしゃっていたではないですか……?」

「もちろん部誌は部誌で作るけど、それとこれとは別。パンフレットだったら、多くの人が目にしてくれるじゃない?」

逃げの一手を塞がれてしまいました。

それはそうでしょう。部誌は置かれている場所に来ない限り見ることが出来ませんが、パンフレットであれば全校生徒と来場者の全員が見ることが出来ます。その規模は、まさに月とスッポンといったところでしょう。

岬先輩は熱量を持ったまま、さらに続けます。

「エリムちゃんのイラストなら、文化祭という場にもピッタリだと思う。なんといっても、キラキラしてるからね」

「キラキラ……」

「私は、エリムちゃんのイラストの魅力に賭けてみたいよ」

そこまで言われてしまうと、私としては閉口するしかありませんでした。

なんと返せばいいのか、すぐには思い浮かびません。

ただ困惑するばかりです。

「無理にとは言わないけど、考えてみてほしい」

「それは難しいんじゃない？　だって既に生徒会長に頼んでるって言っちゃったし……」

鏑木《かぶらぎ》先輩が、小さな声ながらもそう言います。

私も思っていたことです。

頼んで任せられたというのであれば、断るわけにもいかないでしょうし……。

「エリムちゃんが描けない時は、描ける二人で描こうね」

鏑木先輩に向かって、岬先輩はそう言いました。

鏑木先輩はやや戸惑ったような怒ったような顔を見せていましたが、岬先輩の視線にやられたようです。ため息をつきながらも、頷《うなず》きました。

「……その時は、任せてよ」

「よし！　言質取ったからね！」

わーわーと先輩たちが戯れる声が、どこか遠くに聞こえます。

文化祭のパンフレットの表紙。

私はそれを、描いたほうが良いのでしょうか。

そして、表紙として相応《ふさわ》しいものをしっかりと描けるのでしょうか。

不安から、手のひらに傷がつくほど握りしめてしまいます。

そこで、自分の考えにハッとしました。

私は、今の実力では作品の出来が及ばないのではないかということを心配しています。

それではまるで、描くことが前提のようではないですか。

私は、描くことに対しての躊躇《ためら》いは持っていないのですか……？

いえ、あるはずです。私がこの部活動に入っていることは、両親に対して必ず秘密にしなければなりません。

彼らに知られるような真似《まね》は、避けなければ……。

避けなければ、ならないはずです。

それなのに、どうして。

この胸の内は、こんなにも昂《たかぶ》っているのでしょうか。

どんな絵であれば文化祭に向いているのだろうと、考えているのでしょうか。

「いえ」

答えは簡単です。

「私に、描かせてください」

私は、自らの才能を試してみたいと思っているのです。

岬《みさき》先輩も、私のイラストの魅力に賭けてみたいとおっしゃってくれていますし。

もしかしたら、この部活動内でしか良さを認められないかもしれません。

それならそれで、そこまでの才能だったのだと思うまでです。

悔しいことかもしれませんが、それでここでの交流が失われるわけではありません。それならば、努力してみるのも良いでしょう。

私の言葉に、岬先輩の顔がパッと明るくなりました。

「そう言ってくれると思ってたよ！」

三人も、どこか嬉《うれ》しそうな顔をしています。

この部の人たちは、本当に私に期待してくれているのでしょう。

今はそれだけで、充分嬉しく思います。

両親については、パンフレットを見ないことを祈るしかありません。

少なくとも、私は絶対に家に持ち帰らないようにしようと固く心に決めました。

○

それからしばらくは、漫研の部員総出でひたすら資料集めをする時期でした。

我が校が過去に配布したパンフレットを手に入れてどういう傾向のものがあるのかを分析したり、インターネットで他の学校がどのようにしているのかを調べたりしました。

我が校のパンフレットはこれまでの年はどれも実行委員会の人が描いているようで、綺《き》麗《れい》な背景に文化祭のテーマと学校名を入れているものが多くありました。

時折美術部らしい絵が載せられているものもありましたが、数は多くありませんでした。実行委員が兼ねているために、そこまで時間を割けないという事情もあるのかもしれません。

対してインターネットで見つけたものには、イラストが描かれているものが多くありました。文化祭らしく、筆や楽器を持った生徒が大々的に描かれています。

「そういえば我が校の文化祭のメインは、吹奏楽部でしたよね？」

「そうそう。文化部で目立った実績のある部が、吹奏楽部だからね」

「……とはいえパンフレットでまで吹奏楽部を強調したら、他の部から苦情が来るでしょうか」

私のイラストのせいで、誰かが傷つくのは避けたいところです。

「そこまで考えなくてもって感じだけど……楽器を描くのは難しいだろうから、他の部がメインでもいいいんじゃないかな？」

「でも、文化部って基本的に地味だから絵にしづらいよねー」

「それは言わない約束」

笑いが起きたので私も笑っておきましたが、文化部が映える絵にしづらいというのには同意します。

難しい。

けれど、楽しい。

相反する二つの感情を抱えたまま、私は筆をとります。

◆後天性病弱少女の観測　二

なんだかなぁ……。

ここ最近学校ですれ違う生徒たちは、学年を問わずにどこか浮き足立っているような気がする。

それもそのはず。文化祭が、間近に迫っているからだ。

しかし、私にとってはすごく憂鬱な期間になっている。

というのもクラスでやるはずの展示を準備している今、ちょっとした対立が起こっているからだ。元々そんなに気が立っているような人がいるクラスではなかったはずなのに、これもまた浮き足立っている証拠……なのかもしれない。

こちらとしては、迷惑極まりないんだけど。

対立しているのは主にクラスの中心人物……いわゆる陽キャの人たちだ。

同じ陽キャ間でも文化祭に対するテンションの落差があって、そのせいで対立が起こってしまっているのだという。

それは文化祭で何をするかの案出しの段階から私も薄々感じてはいたので、驚きはなかった。けど、それがまさか対立と言っていいほどの事態になるとは思ってもみなかった。

聞くところによると、とある陽キャ集団が買い出しに行ったにもかかわらず遊んで帰ってきたことで対立が本格化したんだとか。

買い出しに行った日の日付が入ったプリクラが出てきて、発覚したらしい。

それは良くないだろうと思うのと同時に、プリクラなんて最後に撮ったのはいつだろうと思ってしまった。中学時代、正確にいえばバレー部で青春していた頃には事あるごとに撮っていた。あの頃が懐かしい……。

しかし、楽しかったはずのプリクラが今回の件の引き金となってしまったのだ。

そのせいで、教室全体にピリピリとした緊張ムードが漂っている。

いくらこっちが平和に作業を進めようと思っても、許されないほどだ。

というか、顔色をうかがっていないと陽キャたちの矛先が自分に向きそうだと思ってしまう。

クラスの中心人物たちを敵に回した教室で、呼吸が出来る気がしない……。

そんなわけで私自身のテンションは低いけれど、やる気がないように思われないため、真面目《まじめ》に作業をやっている。早く帰りたいという思いを殺して、放課後ギリギリまで細々《こまごま》とした作業をやっていた。

いよいよ大詰めに入ってきたので、いつもより放課後も長くなっている。

けれど、外はまだ明るい。

片付けは終わったので、急いで帰ろう。

「ルルちゃん、お疲れ様！」

別のところで作業をしていた相沢《あいざわ》さんが、駆け寄ってくる。

当然といったように、後ろに田中《たなか》さんもいた。

「お疲れ様」

二人とも帰る準備をしていたので、教室から出ながら話をする。

「……相沢さんはともかく、田中さんもこの時間まで残ってるとは思わなかったかも」

「いや、正直怠《だる》いよ」

どのクラスもほとんどが今の今まで残っているのだろう。

放課後だというのに、まるでお昼休みのように騒がしい。

けれど、聞いている人は聞いているかもしれない。そんな人に聞こえないようにか、小声でそう言われた。

やっぱりそうだったんだ。それなのに、どうして残ってるんだろう？

「でもまぁ、前日とかに泊まり込みになるよりはマシかなって」

「と、泊まり込みとかあるの……？」

恐ろしい言葉に、寒いわけじゃないにもかかわらず震えてしまう。

「兄貴の年は、そんな感じだったらしい。数年前のことだから、よく覚えてる」

お兄さんがいるんだという新しい情報を得たけれど、泊まり込みで作業をする羽目になるかもしれないという情報のほうが私には衝撃的だった。

この対立したクラスのまま泊まり込みなんてしたら、戦争が起こってしまうかも……。

それに巻き込まれるのは、出来る限り避けたい。

「……そうならないように、頑張ろうね」

「もちろん」

「えー！　私は泊まり込みとかやってみたいけど」

「一人でやってろ」

「きゃんっ」

田中さんのデコピンが、相沢さんの綺麗《きれい》なおでこにヒットする。いい音が響いたせいで、周りからの注目を集めた。けれどすぐにその注目もなくなる。

皆、文化祭という口実での交流に励んでいるのだろう。

私もいつもは話さない子と話すことが増えたが、話すだけだ。

それ以上、積極的にはなれなかった。

明るい子というのは得てして、スキンシップが多い。

また痛みを感じるようになるのは嫌だ。そのせいで、ただでさえ聞いてても分からない授業を休んだりしたら、テストの時に詰んでしまう。

それは絶対に避けたい。

かといって暗い子とは何を話せばいいのかも分からないし、改めて人と交流することの難しさを感じる。

「そういえばさ、今日配られた文化祭のパンフレットの表紙見た?」

……デコピンされてもめげずに話し続ける相沢《あいざわ》さんを見ていると、少しだけ尊敬してしまう。少しズレているところはあるけれど、芯は強いっていうか。

私の芯は……もうすでにぐちゃぐちゃかもしれない。

いやそれよりも、パンフレットの表紙がどうしたんだろう?

「パンフレットの表紙?」

何か特別なことが書かれてあったかな?

綺麗《きれい》なイラストが描かれてたことしか覚えていない。

「これ、エリムさんが描いたみたいだよ」

出された名前に驚いた。エリムって、あのエリム?

あのエリムは、あんな綺麗なイラストが描けたの?

漫画も読ませてもらえないような、厳格な家だと思ったのに……。

「え、エリムってあの令嬢の……?」

信じられなくて、思わず聞き返す。

もしかしたら、聞き間違いの可能性だってある。

「うん、ほら」

相沢さんが差し出してくれた、彼女のパンフレットを受け取る。

おそるおそる見てみると、表紙の右下には確かにエリムの名前があった。

さらに、漫画研究部所属とも書かれている。

いつの間に、部活に入ったんだろう……？

最近は傍目《はため》から見ても特定の子と一緒にいるのが分かったんだけど、もしかしたら部活繋《つな》がりなのかもしれない。そう思うと、すごく納得した。

けれど、彼女がどうして漫画研究部に入っているのかは分からない。

彼女なりに精一杯考えた末の『やったことないこと』なんだろうか。

だとしたら思い切りがすごい。そして、文化祭のパンフレットの表紙を飾れるくらいのイラストを描けるというのもすごい。

改めて、表紙を見る。数人が楽しそうにクラス展示の模型を作っているイラストだ。

「すごい……。エリムもこんな風に、部活の人たちと協力しながら描いたのかな」

綺麗なイラストだ。キラキラしていて、文化祭に対する期待がすごく感じられる。

こんな綺麗なイラストを、エリムが……。

「すごいよねー」

「兄貴の頃は味気ない文字だけだったけど、やっぱり絵があるといいな」

私はしばらくの間、エリムのイラストに見惚《みと》れていた。身近な人が描いていると分かると、より一層すごいと思うのはなんでだろう。不思議な気持ちになる。

○

展示するものの準備も終わり、遂《つい》に文化祭本番の日がやってきた。

クラスの陽キャたちによる対立は、準備が終盤になるにつれ全員がテンションマックスになることによって解決した。

そんな解決方法でいいのか疑問に思ったけど、対立が悪化するよりずっとマシだと思って納得した。

それに、テンションの高い陽キャたちが文化祭中の展示物の監視を引き受けてくれたのには感謝するしかない。

別に文化祭を見て回りたいわけじゃないけど、展示物の解説なんかは到底出来ないだろうと思っていたからだ。その必要がなくなり、安堵《あんど》のため息が出る。

だからどこにも行かないで図書室かどこかでじっとしていることも出来たけど、相沢《あいざわ》さんたちに誘われて他の展示を見にいくことにした。

どんな展示があるのかは、気になってたし。

それに体育館では生徒会主催の色々なイベントが行われるらしい。それも見てみたい。

出来る限り人と当たらないように注意しながら、廊下を歩いていく。

手にしたパンフレットは、もはや盾のようなものだ。もちろん表紙だと申し訳ないので、裏表紙を前に押し出している。

展示はどれも気合が入ったもので、普段は地味だと思っていた文化部の活動のすごさを改めて思い知らされた。運動部みたいな目立った活動をしているわけじゃないけど、作品の語りかけてくる力みたいな……そういうのを感じる！

現に今、他校の子が作品から目を離せなくなっている。

私はすごいと思うだけで終わってしまったけど、きっと彼女はそれ以上の何かが心に残ったんだろう。残せるのも、残るのも、すごいことに違いない。

そういえばこの学校は、吹奏楽部の活動も盛んなんだっけ。

入学式で見たことがあるけど、本当にすごかった。

しばらくしたら体育館で演奏するみたいだし、それも行けたらいいなぁ……。

「あ、この先の教室に漫画研究部の展示があるみたい！　ね！　行ってみようよ！」

「う、うん！　行くよ……！」

相沢さんの声に、驚きながらも頷《うなず》く。

そうだよね。部活としての展示もあるはずだよね。

漫画研究部ってことは、漫画の展示かな？

エリムは、どんな漫画を描くんだろう……！

楽しみに思いながら廊下を歩いていくと、進めば進むほどに、どんどんと人が増えているような気がしてくる。最初は気のせいかもしれないと思っていたけれど、横並びじゃ歩けなくなった時点で増えているに違いないと確信した。

でも、どうして？　この先に、目立った展示物なんてなかったような……。

「わっ、すごい人！」

そう思いながら漫画研究部の展示が置かれている教室にたどり着いて、人が増えていることの原因を知った。

皆、その漫画研究部の展示を見ているのだ。

置かれている冊子の数が少ないせいか、見るための列が出来ている。

その列は、先生が整えていた。きっと、顧問の先生なんだろう。

穏やかそうな笑みだけれど、列を乱した人に対する圧がすごい。

そのおかげで、列は綺麗《きれい》なものだ。

そして、冊子の管理をしているのがエリムを含む数名だ。

きっと、彼女らが漫画研究部なんだろう。部活紹介で見たことがある気はする。

漫画が読めるなら入ってもいいかもと心を動かされたけど、紹介の時に話していた内容があんまりにもディープでお呼びではなさそうだと身を引いたのを覚えている。

それにしても……。

「すごい」

エリムがあんなに声をあげて笑っているところ、初めて見た。

それどころか、想像も出来なかった。

あんな風に、笑えるんだ。

毒気のない笑顔に、呆気《あっけ》にとられてしまう。

「どの漫画も面白いね！」

「漫画の賞とか出さないの？」

「お金払っても読むから！」

そんな感じの褒《ほ》め言葉が、主にエリムに対して向けられている。そりゃあ、あんな風に笑いもするだろう。自分が作ったものを、褒められているんだから。

けれどエリムだけが褒められていたから、他の部員から嫉妬されたりしてるんじゃ……。

そんな心配をしてしまったけれど、その必要はないみたいだ。

部員の人たちも皆、嬉《うれ》しそうに笑っている。

それはまるで子どもの成長を喜ぶ親みたいで……。

それが面白くて、私は小さく笑った。

両隣で、二人が不思議そうに私を見ているのを感じる。

「どうしたの？」

「なんでもない。……そろそろ読めるみたいだし、先に行ってきなよ」

「いいの？」

「私はいいよ。田中《たなか》さんは？」

「最後でいい」

「それなら分かった！　先に読んでくるね！」

相沢《あいざわ》さんは、人のいなくなった冊子を手に取り読み始めた。反応を見てしまうだけでもどんな内容か分かるかもしれないと思った私は、彼女から視線を外す。

かといってじっとエリムを見つめるわけにもいかないので、視界の端のほうで彼女が見えるような位置に顔を向けていた。

「そろそろ行ったら？」

「あ、うん。それじゃあ、お先に」

田中さんに促されて行った冊子の近くには、エリムがいた。

「こんにちは。今日は漫画研究部の展示を見に来てくださりありがとうございます。冊子を閲覧していただく際の注意事項ですが……」

彼女は笑顔を保ってはいるものの、私に対するどうして来たんですかという怒りにも似た感情が見え隠れしていた。

私は私で、どうしようかと困惑していた。気になって来てはみたものの、彼女本人を前にしてしまうと何を言っていいのか分からない。

表紙のイラストが良かったよとか、気軽に言ってもいいんだろうか？

いやいや、他の人も積極的に褒《ほ》めていたんだから、私だって褒めてもいいはずだ。

「表紙のイラスト、すごく良かったよ」

エリムによる注意事項の説明が終わった後に、そう切り出した。

「あれで気になって、ここまで来たんだけど……まずかったかな？」

「……いえ。冷やかし目的じゃないことが分かって嬉《うれ》しいです」

そう言う彼女の顔は、少し赤い。ずっと褒められていたからもう慣れてるんじゃないかと思ったけど、そうでもないのかな？

「っていうか冷やかし目的で来てたら、こんな長い列になんて並ばないよ」

「それもそうですか、そうですね」

冊子を手に取りながらも、彼女に対する疑問は尽きない。

「冊子にエリムが描いたのは、漫画？　それとも表紙みたいなイラスト？」

「漫画を描きました」

「元々描いてたの？」

「まさか。最近になってですよ」

「だとしたら、余計にすごくない？」

「すごいかどうかは、読んでから決めてください。それに私の作品より、先輩方の作品のほうがよっぽどすごいんですからね！」

「は、はーい……」

彼女にしては大きな感情のこもった言葉に、思わずたじろぐ。

このままだと何も答えてもらえなそうなので、大人しく冊子に向き合った。

冊子には、三つのお話が描かれていた。

どれも短くまとまった話なので、読んでいた時間はそんなになかったと思う。

けれど、どのお話も本当に面白かった。あんまり漫画に詳しくない私からしてみれば、どれもプロが描いたのかと思ってしまうくらいすごいものだった。

「すごく面白かった」

冊子から顔を上げて、目の前にいたエリムにそう声をかける。

「ありがとうございます」

「エリムって、普段からこういうこと考えてるの？」

作品は、恋愛漫画のまさに冒頭といった感じだった。

だからこういうシチュエーションに憧れがあるのかもしれないと思ったんだけど……どうなんだろう？

「そういうわけでは……」

やや照れながらも、奪うように私の手から冊子を取る。

次の人が待っているから仕方ないとはいえ、もう一回くらい読み直したかった気持ちもあるのでちょっと残念だ。

「明日も展示してる？」

エリムはそこで、一瞬だけ驚いた顔になった。けど、すぐにいつもの表情に戻る。

「また来る気ですか？」

「ダメかな？」

エリムにしては珍しく、うんうんと唸《うな》ってまで考えていた。

そんなに悩むんなら諦めるよと返そうとした時、エリムの口のほうが先に開いた。

「……ダメじゃ、ないです」

「そっか！　それならまた読みに来るね。また明日」

「はい」

帰ろうとしたら、エリムのほうが先に手を振ってくれた。

そのことが妙に嬉《うれ》しくて、大きく手を振り返した。さながら、子どもみたいに。

「ルル、そんなに手を振ると他の人にぶつかってしまいますよ……？」

「え、あ」

そうだ。ここ、屋上とかじゃない！

周りにいっぱい人がいるんだと気付いた時には、もう遅かった。

知らない人に、ちょっとだけどぶつかる。

「ご、ごめんなさい！」

申し訳なさと恥ずかしさから、相沢《あいざわ》さんたちが止めるのも無視して、教室を後にする。

今まで気をつけてたのに、人にぶつかってしまった！

いつものやつだ！　手がびりびりしびれて、ちょっと痛い！

あー、もう！

もう絶対に手なんて、振り返さない！

◆帰宅不可少女のこれから

文化祭の準備も、大詰めになってきた頃のことです。

それはそれは、沢山褒《ほ》められました。

まずは表紙のイラストを描き終わってから、漫研の皆さんに褒められました。

「すごい！　アニメの中の文化祭で使われてるパンフレットの絵みたい！」

「うん。品があっていいね」

「やっぱり私が見込んだ通りだったね！」

口々に褒めてくださるので、若干たじろいでしまいます。皆さんきっと本心で言ってくれているので、視線を合わせることが出来ません。すごく恥ずかしいです。

「み、皆さんの助けがあってのことですよ」

けれど、そうです。資料集めを手伝ってくれたのも、イラストに対するアドバイスを逐一くれたのも皆さんです。まだ描き始めたばかりの私がイラストを完成させることが出来たのは、皆さんの協力があってのことに他なりません。

「協力はしたけど、実際に頑張ったのはエリムちゃんだよ」

「そうだよ。お疲れ様！」

しかし、皆さんは私が頑張ったからだとおっしゃってくれます。

それが嬉《うれ》しいような気恥ずかしいような、なんとも言いがたい感情を生み出しました。

あまり感じたことのない感情に、私の心は揺れ動きます。

更に、提出しに行った先で生徒会の方々に褒《ほ》められました。

「すごーい！」

「思っていた以上の出来だよ。これなら、パンフレットに例年以上の価値が生まれそうだね」

「あ、ありがとうございます」

私はただ先輩の隣で呆然《ぼうぜん》と立ち尽くしていました。パンフレットの表紙を飾れる作品として認めてもらえたのが、嬉しくてたまりませんでした。

同時に、ひどく安心しました。私の作品は、岬《みさき》先輩が言った通り魅力のあるものなのだと、理解することが出来ました。

それからしばらく経《た》ち、パンフレットが全校生徒に配られました。出来上がったパンフレットを見て、私は感動を覚えます。

私のイラストが、本当に表紙になっているのです。感動以外の何者でもありません。

そして、クラスメイトからも褒めてもらえました。普段は話さないような方も褒めてくださり、イラストというのはどんな人にでも受け入れてもらえるものなのだなと改めて思わされました。

「エリムさんは、こういう絵が描けたのですね……」

また、担任の先生もイラストについて触れてくれました。私がこういったイラストを描くのは予想外だったようで、始終驚いた顔をなさっていました。

その顔が面白くて、一緒にいた小林《こばやし》さんと二人して漫研の部室でひとしきり笑ったのは内緒です。

○

そして、文化祭当日。

そこでも、多くの方からのお褒めの言葉をいただきました。困惑しながらも、ありがたく言葉をいただきました。

あの時の私を客観的に見たら、すごく浮かれていたことでしょう……。

更に驚くことに、漫研が展示をしている教室にルルが現れたのです。

彼女は表紙を褒めてくれたのみならず、明日も冊子を読みに来ると言ってくれました。

それほどまでに気に入ってくれたとしたら、とても嬉しいです。

沢山の嬉しさを抱えながら帰宅すると、そこには母が待っておりました。

以前もこういったことがありましたが、以前よりもずっと私に対する怒りを感じます。

どうしたというのでしょう？

もしかして、私の活動がバレてしまったのでしょうか……？

「ただいま、帰りました」

その覚悟をしていなかったわけではないのですが、恐ろしくて言葉がつっかえます。

「おかえりなさい。待ってたわよ。何について話をするか、貴方《あなた》ならば分かるでしょう？」

ここで下手に何かを言うと、それが違った場合に火に油を注ぐことになると分かっているので、何も言いません。

向こうもそれが分かっているのか、呆《あき》れたようにため息を吐き出します。

痺《しび》れを切らしたように、話し始めました。

「エレナが貴方の学校の文化祭に行って、このパンフレットを貰《もら》って来たのよ」

エレナが、学校に……！

まさか、そんなことでバレてしまうなんて。

いえ、ありえる話です。

家から近いというのは、高校を選ぶ際の大きな選択材料になります。

更なる選択材料を求めるために、文化祭に来ていてもおかしくはありません。

むしろ、そこまで頭が回っていない私が迂闊《うかつ》でした。

近頃は良いことが沢山起こっていたために、悪いことが起きるかもしれないということを自然と考えなくなっていたのでしょう。

ここは、自分で何とかしなければ。

そう思っている間にも、母は様々な文句を並べ立ててきます。

正直いつも聞いているものと同じなのであまり頭に入ってこなかったのですが、とある一節は自然と頭に入ってきました。

「大体、こんな幼稚な絵を本当に貴方が描いたの？　漫画研究部なんて低俗な部活に、ただネームバリューを利用されているだけじゃ……」

「違う！」

条件反射のように、大きな声が出てしまいました。

こんなに大きな声で母に否定の言葉を告げたことなどなく、母よりも私のほうが驚いてしまいます。

けれど母が言ったことはそれほどまでに私を怒らせました。

低俗な部活？

ネームバリュー？

どうしてそんなことが思い浮かぶというのでしょう！

低俗なのは、一体どちらのほうでしょうか？

先輩のほうが私に対して期待を寄せてくれたというのに。

何も知らないくせに……！

「私を馬鹿にするのは構いません。ただ、先輩方を馬鹿にするのはやめてくれませんか？」

暴言が沢山頭に浮かびましたが、口には出しませんでした。

仮にも保護監督者である母を相手にして、勝ち目がないことは分かっています。

だから、あくまで冷静に言葉を返しました。

「……自己保身ではなく、あくまで先輩を庇《かば》おうとするのね」

そこで母は、怒りを表情から失《な》くしてしまいました。

完全な無表情です。

「……だから、どうしたというのです」

「貴方《あなた》が俗世に染まりきっているのだということが分かりました」

突き放すような口調に、思わず肩が震えてしまいます。

こんなにも冷たい母の声を、初めて聞きました。

散々これ以上酷《ひど》い扱いを受けてきたのにもかかわらず、今の状況に怖さを感じてしまいます。

「もう勝手になさい。けれど、問題を起こしたり成績が下がったりした時には容赦はしないわよ」

それだけ静かに言い放つと、母はゆっくりと背を向けて歩いて行きました。

心臓が、バクバクと音を立てています。

指先に込める力が強く、気付けば手のひらが真っ赤になっていました。

少し痛いです。

部屋に帰って、早く冷やさなければ……。

部屋へ続く廊下を歩きながら、これからのことを考えます。

母は、勝手になさいと言いました。

これで良かったのだという思いでいっぱいになっていいはずなのに、どうしてか、これで良かったのだろうかという戸惑いが消えません。

描きたいという思いは、ずっとあります。

母に怒られたところで、それは変わりません。

けれど、どこか釈然としない思いが残り続けています。

「……あら？」

部屋に戻ると、扉の前にエレナが立っていました。

珍しいことです。

エレナのことは朝学校に行くタイミングが一緒なので見かけるのですが、私服は久しぶりに見たかもしれません。

一体、私に何の用なのでしょうか？

「エレナ？」

声をかけると彼女はこちらに向き直り、手を合わせて謝ってきます。

「ごめんなさい！」

「な、何の謝罪ですか、それは」

謝られる覚えがなく、困惑してしまいます。

何の覚えもない謝罪ほど、怖いものはありません。

「パンフレットを、渡してしまったから……。てっきり母様には、入部の許可をいただいているのだと思って……」

「あぁ……」

そのことでしたか。

これは、エレナを責めるわけにもいかないと思います。

だって、バレるかもしれないと分かりながらも描いたのは私自身なのですから。

「……堂々とパンフレットのイラストを担当している以上、許可を貰《もら》っていると思っても何らおかしくはないでしょう。貴方《あなた》が謝る必要はありませんよ」

「で、でも、退部にさせられたら……」

「……母からは、勝手にしなさいと言われてしまいました」

そこでエレナは、一瞬だけ大きく目を見開きました。

どうしてそこまで驚くのかは分かりません。

「ですから、私は部活を続ける所存です。お気になさらず」

私の言葉は、やめるという選択肢が思い浮かばないからという消極的なものでした。

けれどエレナは私の言葉に、驚きから一気に笑みを浮かべます。

「良かった……」

本当に安心したように、彼女は息を吐き出しました。

……どうしてエレナが、安心しているのでしょうか。

私の意図に気付いたのか、こちらに笑いかけてきます。

「あのイラスト、私はとても好き」

「え?」

エレナの口から素直な称賛が出てくるとは思わず、私は驚いてしまいます。

これはきっとお世辞ではなく、本心でしょう。

彼女の哀れみを含まない称賛を、初めて聞いたかもしれません。

いえ、……初めてというのは流石《さすが》に、言い過ぎかもしれませんが。

「だから是非、これからも描いてくれると嬉《うれ》しいな。陰ながら、応援してるから!」

「あ、ありがとうございます……」

「今日は疲れたはずだし、ゆっくり休んでね。それじゃあ、また！」
「ご機嫌よう……」
去っていく妹の背を、見えなくなるまで見つめ続けてしまいました。
そして私の頭には、これで良かったのだろうかという迷いはなくなっていました。
これで良かったのです。
持っている才能の数や種類では、確かにエレナに敵《かな》いません。
けれどそれを最も比較していたのは、私自身なのです。
これ以上、それについて考える必要なんてありません。
私は、誰かが好きだと言ってくれるイラストを描き続けていきたい。
そのためにも、もっと様々なことを勉強したい。
沢山先輩たちから学ばせてもらおう。頑張らなくちゃ。
私の決意とこれまで貰《もら》った称賛の言葉が、心には残っています。
そこに両親は、影も形もありません。
私は、私で良いのだと初めて思えたのです。

◆後天性病弱少女のこれから

最近、ナナとエリムを裏アカで見かけることがまた減ったような気がする……。

朝の電車に乗って裏アカのタイムラインを見ながら、そんなことを考える。

ナナはログインする度に見かけていたはずなのに、最近だと一日に一回見かければいいほうになった。

画像付きのツイートはなくなったというわけではないけど、以前のような頻度では見なくなった。それに、露出していることも少なくなっている。

それを惜しむコメントが多いことにちょっと引いたのが、記憶に新しい……。

エリムは元から見かけることは少なかったけど、それよりももっと減ったような気がする。両親に対しての恨みつらみを書き綴《つづ》った彼女特有の長文ツイートを最後に見たのは、一体いつだったかな……。

けど、全部私の気のせいかもしれない。

裏アカのタイムラインは常に流れていくから、見逃しているだけかもしれない。

ただ単に、最近見かけることが少ないだけで、しばらくしたらまた増えるかもしれない。

それでも、まるで自分だけが裏アカの世界に取り残されたようで不安になってしまう。

だって最近二人を見かけると、常に誰かと一緒にいるのだ。

まるで裏アカなんて必要ないみたいに、キラキラした顔で笑っている……。

私の目からは、そんな風に見える。

少なくとも以前のような、どこか普通とは違う雰囲気は感じない。

それぞれ個性は強いけれど、一般的な女子高生として溶け込んでいるっていうか。

ここ数ヶ月で、一体何があったっていうんだろう。

エリムに至っては、すごい才能を開花させてるし。

かつては求愛性少女症候群を通じて話していた子たちなのに、今はもう、それ以外の人たちと同じような存在になっている。

自分とは、かけ離れた存在になってしまった感じがする……。

前みたいに話しかけるなんて、余程のことがない限り難しいだろう。

それくらい、大きく変わってしまった。

私は、何か変われているんだろうか？

毎日登校して授業を受けて、お昼休みを相沢《あいざわ》さんたちと過ごして、帰ってから裏アカにその日のつらいことを吐き出す。

時々人と手や肩が触れてしまうと、体に痛みが走る。

体育で誰かとペアを組む時は、触られる前から気分が悪くなってしまう。

そんな日々の繰り返しだ。

何も変わってない。

だからこそ、取り残されてるなんて感じてしまうんだろう。

もっと変わりたい。けど、どうすればいいか分からない。

したいことがあっても、周りの視線が怖くて踏み出すことが出来ない。

もしかして、ずっとこのままなのかな。それすらも怖い。

怖いことばかりで、もう逃げ出してしまいたい。

だというのに、その逃げる場所すら私には思い浮かばない……。

そこで、電車の扉が閉まる音が聞こえた。

考え込み過ぎて、しばらくぼーっとしていたらしい。

もうそろそろ、着いていてもおかしくないはず。

しっかりしなきゃ。

学校でまで暗い顔をしてたら、本当に誰も話してくれなくなっちゃう。それは嫌だ。

……そういえば、さっきまで目の前にいた同じ学校の制服の子たちはどこに行ったんだろう。

電車が出発して、次の停車駅を知らせるアナウンスが聞こえる。

それは、私が本来降りなければならない駅の次の駅名だった。

驚きに窓の外を見ると、確かにそこはいつも私が降りている場所だった。

一瞬で、駅から遠ざかっていく。

え、え、え。

頭が真っ白になる。

ど、どうしよう。学校に行った上で授業を一つくらいサボることはあったけど、そもそも学校に行かないという選択はしたことなかった。っていうか、考えたことがなかった。だって出ないと内容が分からなくなって困る授業もあるし、そもそも小テスト受けなかったらめちゃくちゃな課題出される授業もあるし……！　あとまず、家に連絡が行ったら本当に色々と終わっちゃう……！

やばい。どうしよう。やばい。

もしかして……反省文とか書かなくちゃいけないのかな……？

ただでさえ作文なんて書くの得意じゃないのに、反省してる文章を書けなんて、絶対に無理過ぎる。やばい。

戻らなきゃ……！

そう思ったけれど、次の駅で降りることは出来なかった。

出来なかったというよりかは、体が動かなかったと言ったほうが正しいかもしれない。

今更学校に登校するのも、なんだか嫌だなぁ。

そんな風に、思えてきたからだ。

遅刻した場合は……たしか職員室に寄って、遅刻したって用紙に書かないといけないんだったかな?

そんな感じだったはず。前に誰かが、そんなことを愚痴っていたような気がするから。

ただでさえ入りづらい職員室に悪いことをした後に入るなんて、考えただけでも億劫《おっくう》になる。

それに、教室に入るのにも勇気がいるはずだ。入った途端、変に注目を集めるだろう。

もしかしたら、何か変な憶測で話されてるかもしれない。嫌なことを言われてしまうかもしれないと考えたら、教室にいたって落ち着けないはずだ。

ならもう、このまま戻らなくていいんじゃないかな……?

そう思うと、キュッと握りつぶされているようだった心臓がちょっと楽になった。

無意識のうちに握りしめていた手のひらからも、安心したかのように力が抜ける。

今日はもう、このまま戻らないでいよう……。

怒られるかもしれないけど、いや、絶対に怒られるけど、とりあえず今は何にも考えないでいよう。そうじゃないと、息苦しくてたまらなくなる。

だって、わざとじゃないのだ。

考え事をしていたらいつの間にか目的の駅にいて、それに気が付けなかっただけ。

そう、だから私は悪くない……。

誰に対してなのか分からない言い訳を頭の中で繰り広げていたら、終点を告げるアナウンスが辺りに響いた。何にせよ一度降りなくてはならなくなった私は、押し出されるように電車から出た。

その人の波に流されるように、駅から出る。

ただでさえ少ないお小遣いが、ここまでの運賃でまあまあ減ってしまった。帰りもあると考えると、使えるお金は少ないなぁ……。

それぞれが仕事や学校に向かう中、私は立ち止まるしかなかった。

どうしよう……。

ここに来て、制服を着ていることが恥ずかしく思えてきた。

堂々とサボってるって主張しちゃっていいのかな？

良くないよね？

学校に連絡とか入ったら、めちゃくちゃにヤバいんじゃ……。

やっぱり、どこかの駅で引き返せば良かった。

今更になって、そんな後悔が頭をよぎる。

なんでこんなに、やることなすこと上手《うま》くいかないんだろう。

もしかして本当に呪われてるのかな、私。

しかしそう思った時、視界に制服が入った。

気のせいかと思ったけれど、よく見てみると確かに制服だった。どこの学校のものだったかは、忘れてしまってるけど……とにかく制服を着た女子二人が、駅と隣接した商業施設に入っていくのが見えた。二人のスカートが、どこか楽しげに揺れている。

……案外サボっている人というのは、いるのかもしれない。

っていうか、そうだ。私の学校にも遅刻してくる人なんていっぱいいるし、何なら滅多《めった》に登校してこない人だっている。

サボりなんて、あんまり珍しくないのかも。

そう思うと、だいぶ気が楽になった。

とはいっても、あんまり堂々とは出来ない。制服から特定されて学校に連絡が入る可能性も、完全に消えたわけじゃないし……。

とりあえず、なるべく目立たないようにしていよう。

そう思いながら駅の周りを当てもなく歩く。

来たことがない駅なので、何があるのか分からない。

私もさっきの二人みたいに、商業施設に入るべきかな。でも見るからに大きいから、迷子にならないか心配だし……。

そんな時、目の前にピンク色の車が見えた。

あれは……キッチンカーかな？

なんだか見たことある気がするんだけど、なんでだろう。

キッチンカーなんて、しばらく見たことないはずなのに。

「あ……！」

気になって近づくと、既視感の正体が分かった。

それは最近ＳＮＳ上で話題になっている、クレープのキッチンカーだった。

まさかこんなところで見かけるなんて。

反対側には平日の午前中にもかかわらず、多くの女性が列になって並んでいた。

ちょうどその時、クレープを受け取った女性たちが目の前を横切った。

その人たちの手には、やや大きめのクレープがある。

チラッと見ただけでも、それがとても綺麗《きれい》で美味《おい》しそうなものだと理解出来た。写真で見てもそう思えたけど、やっぱり実物は格別だ。

食べたい。

クレープ一個を食べるくらいのお金なら残ってるはず……。急いで財布を確認すると、電車代を除けば千円が残ることになる。

千円あれば、買えるよね？　大丈夫だよね……？

キッチンカーの端に備わっている看板には、八百円という文字が見えた。それなら税込でも足りる。

高いメニューもあるかもしれないけど、それは狙って来た時に頼めばいいだろう。

よし……！

他にすることもなかった私は、列の最後尾についた。

店員さんに渡された紙のメニュー表を見ながら、何にしようか考える。

っていうか、店員さんも何のためらいもなくメニューを渡してくれた。やっぱり、サボりは珍しくないことなんだろうか。それとも、面倒ごとに関わりたくないから無視してるだけとか？

どうなんだろう。正解が分からない。困った。

混乱する頭だったけれど、メニューを見てすべてがどうでもよくなった。メニューに並んでいたのは、どれも本当に綺麗《きれい》なクレープばかりだった。半分くらいは千円を超すメニューだけど、もう半分くらいは私でも買えそうだ。選べるのは嬉《うれ》しい。

どれにしようかなぁ……。

こんなに綺麗なクレープが食べられるんなら、電車を乗り過ごして良かったかもしれない。たまたま今日この時間に、ここにこれが停《と》まっていて良かった。どれを頼もうか悩んでいるうちに段々と、そう思えるようになってきた。

候補が三つくらいになったところで、ＳＮＳのレビューを見て決めようと思いスマートフォンを開いた。

するといくつかのメッセージが来ていることに気付く。

いつの間に来てたんだろう。全然気が付かなかった。

『ルルちゃん！　なんで学校来てないの？　連絡ないらしいし、なにかあった？　大丈夫？』

『先生はサボりだろうって言ってるんだけど、ルルちゃん今まで学校ごとサボるってことはなかったよね？　なにか事件に巻き込まれてたりしない？　心配です』

『なんでもいいからメッセージください！』

確認してみたら、相沢《あいざわ》さんからの心配メッセージだった。

この様子だと、だいぶ心配されているようだ。

今日の場合は先生が正しいから、あまり心配されても困るんだけど……でも、彼女の主張も間違いではない。同じ立場だったら、同じように心配してしまうだろう。

……きっと、おそらく。

なんて返すべきか、悩んでしまう。大丈夫だって送ればいいんだろうけど、だとしたらどうして学校に来てないのっていう話になってしまうだろう。

降り忘れたって素直に言うのは、私のプライドが許せなかった。

かといって風邪だよっていうのは真っ赤な嘘《うそ》だし……。

「列、進んでますよ」

後ろから、そう声がかけられる。見れば、本当に前との間がかなり開いていた。

「ご、ごめんなさい！」

急いで、距離を詰める。大丈夫ですよとは言われるものの、周りが見えていなかったという事実が恥ずかしい。

急いで距離を詰めた拍子に、とりあえず打っていた『大丈夫』という言葉がそのまま送られてしまった。慌てて訂正しようと思ったけれど、大丈夫なのは事実だから訂正のしようがない。

どうしようかと悩んでいたらすぐに既読がつき、良かったというスタンプがいくつか送られてくる。

……あれ、今って本当なら授業中じゃない？

まさか真面目《まじめ》な相沢《あいざわ》さんが授業中にスマートフォンを触ってるとか？

それくらい心配してくれていたんだ……。

正直、そこまでされると重いとは思う。

だってそうだろう。いくらスマホの持ち込みが許可されているとはいっても、授業中に触っているのがバレたら怒られるのは、彼女も分かっているはずだ。

そんな危険を冒してまで心配されていると分かり、すごく申し訳ない。

けれど、嬉《うれ》しさがないわけじゃない。心配してくれたことは、間違いなく嬉しい。

申し訳なさと嬉しさが同時に……申し訳なさのほうが少し大きく、込み上げる。

同じ状況に陥った時、私はスマートフォンに張り付いている自信がない。怒られるのが怖い。

……そんな弱気な自分が、すごく嫌になる。良くしてもらっているんだから、返さないといけない気はしてるのに。

『心配してくれてありがとう。私は無事だから、ちゃんと授業受けてね』

モヤモヤとした感情が湧き起こってきた私は、相沢さんにそんなメッセージを送ってからメッセージアプリを閉じた。

そして、ＳＮＳの裏アカに行く。そこにはいつもと変わらず、悩み苦しむ裏アカたちの姿があった。

それらで構成されるタイムラインを見ていると、安心が出来た。

けど、よく分からない情報や怪しげな写真も回ってきている。

ああ、なんか頭が混乱してきた。電車で降り忘れてしまってから、ずっと夢をみているような気がする。そうであってほしいという願望かもしれないけど。

目が覚めたらベッドの上で、学校に行かなきゃと思っていたい。

けれどこれは現実で、それなのに私はクレープを食べようとしている。

一気に現実に引き戻されてしまった今の私が食べたところで、味を感じることが出来るのか分からない。高校生が食べるスイーツにしては高いお金を払って、味を感じられなかったら悲しい。どうしよう。

そんな脳内でも、タイムラインをスクロールする手は止まらない。時系列順に並んでいるそれが一番上まで来た時、ふと目にクレープという文字が入った。頭の中がそれ一色だから気のせいかもしれないと思いつつ開いてよく見てみると、確かにクレープの文字があった。さらに、ピンク色の車を正面から撮ったような写真が載せられていて……。

『クレープ待ち。もうちょっと！』

これ、私が並んでるキッチンカーの写真じゃない？

呟《つぶや》きからして、今並んでいる人がアップしたみたいだ。

今並んでいるんなら、すれ違っていてもおかしくはない。

一体、どの人なんだろう。

その人のアイコンは顔写真ではなくゆるキャラの画像なので、ここから特定するのはいくらなんでも無理だろう。特定したところで、何か出来るわけでもないし……。

でも、この人の呟きには共感するところが多い。

もしも話すことが出来たならと、思ったこともある。

けど、難しいことだ。

列は長く、つまり人も多い。その中から身体的特徴も分からないまま探すなんて無謀だ。

そもそも探すなんてストーカーみたいで、したくないしされたくないだろう。

一度スマートフォンをスリープさせて、前の方を向く。ちょっとだけ進んでいたから、距離を詰める。

その時、前の人のスマートフォンの画面がチラリと見えた。大きな端末なので、そういうこともあるだろう。そう思って見てしまった内容を忘れようとした。

けれど、忘れられなかった。

だってその画面には、さっき見たアカウントの本人であることを証明する画面が映されていたからだ。

「あ、あの……」

動揺のあまり出てきた言葉は、どうやら前の人までちゃんと届いていたらしい。

こちらを振り返り、のぞき込んでくる。

「ん？」

人懐こそうな瞳に、見つめられる。

「この、これ……」

私は自分のスマートフォンの画面を指差す。

画面には、先ほどのツイートを出している。

「もしかして、貴方《あなた》ですか？」

後から考えれば、どうして本人だと確かめようと思ったのか分からない。怪しい人間だと無視されたり、悲鳴を上げられたりしてもおかしくなかっただろう。

下手をすれば学校をサボったことよりもずっと、大きな騒ぎになっていたはずだ。

「そうだよ」

それなのに、目の前の彼女は笑顔でそう答えてくれた。

その笑顔の輝きに、思わずクラクラする。

どうして、こんなにも笑顔なんだろう。

私と似たようなことを思っている呟《つぶや》きが多いにもかかわらず……。

いや、最近はそういうの少なくなってきてたんだっけ。どうだろう。

ハッキリとは、断言出来ない……。

「あ、ありがとうございまーす」

呆然《ぼうぜん》としてしまう私に構わず、目の前の彼女は注文していただろうクレープを受け取った。

あ、次は私の番……？

「向こうにテーブルがあるの分かる？」

彼女は立ち止まり、クレープを持っていないほうの手でキッチンカーの反対側を指差した。そこにはいくつかのテーブルが並んでおり、クレープを食べている人がいっぱいいる。

「空いてる席に座って待ってるから、ちょっとだけでも話そうよ」

「う、うん……」

勢いに乗せられ、頷《うなず》いてしまった。

颯爽《さっそう》と去っていく彼女の背中を、じっと見つめる。

っていうか、話しかけた私のほうが動揺してるのは意味が分からないんじゃ……。

「次のお客様、どうぞー」

動揺したまま、私の番が来てしまった。

そういえば候補を三つに絞っただけで、決めたわけじゃなかった。

ヤバい。後ろは詰まってるし、すぐに決めないといけない。

ヤバいと思えば思うほど、何も頭に入ってこなくなる。

「こ、この期間限定のやつお願いします……」

急いで決めようと思った挙句、真っ先に目に入ったレモンチョコレートに決めた。

ギリギリ手が届く値段だったし、期間限定っていう文字に惹《ひ》かれたのもある。

ソワソワしたまま完成を待ち、手渡されたクレープに感動しつつも急ぐようにその場を後にした。彼女が待っているというテーブルに、クレープを落とさないように向かう。

「来た来た！　こっちこっち！」

本当にいるか不安だったけれど、その声を聞いて安心した。

そして、どうやら彼女一人のようだ。何人かいたら疎外感を感じてしまうところだったので良かった、安心する。

「あ！　クレープ持つよ？」

「あ、ありがとうございます……」

彼女が手を差し出してくれたので、その手にクレープを預ける。

それから、同じテーブルにある二つ目の椅子に座った。彼女からクレープを受け取る。

改めて見てみると、自然とキラキラ輝いているように見える。ソースのキラキラなのかな。なんなんだろう。

とにかく写真に撮って、残しておきたい。なんたって期間限定だし。

「……あのさ」

「うん？」

「ちょっと、写真撮っていい？」

「もちろんもちろん！　こんな映《ば》えるもの、撮らなきゃ損だよね！」

そう言って、彼女はクレープを食べるのを再開した。

彼女は、もうすでに撮った後なんだろうか？

キッチンカーも撮っていたくらいだから、きっと撮っているんだろう。

スマホを取り出して、クレープを撮ろうとする。けれど、中々難しい。

片手だからっていうのもあるけど、強い日差しのせいで光がいっぱい入ってくる。全然美味《おい》しそうに見えない。

ただでさえ綺麗《きれい》に撮るのって苦手なのに、手も震えている気がする。写真を撮る日じゃないのかもしれない。

これはこれでサボってクレープを食べようとしている罰なのかもしれないと思い、そのくらいならと撮るのを諦めた。

普段と違って痛いわけじゃないから、もういいやと思えてしまう。

「撮らないの？」

スマートフォンをテーブルに置く私を見て、そう言う。

「上手《うま》く撮れないから、もういいかなって思って……」

「私が撮った写真で良ければ送ろうか？　同じ味頼んでるみたいだし」

彼女がスマートフォンの画面で、撮ったという写真を見せてくれる。それは同じものを撮っているというのに、全然違うものに見えた。キラキラしていて、メニューに載っていた写真に近い。

けれど、こういうのは自分で撮らなきゃいけないような気がする。自分が食べるものを、自分で撮ることが大事っていうか……。

要するに、私の中の変なプライドがそれを受け入れなかった。

大丈夫と言いながら、首を横に振る。そんな私の様子に彼女は不思議そうな顔をしていたけど、そっかとだけ言うとまたスマートフォンの画面を下にしてテーブルに置いた。

気を取り直そうと思い、期待を込めてクレープを食べる。レモンの風味とチョコレートの甘さが、口の中に広がる……。

「あの……」

「ん?」

「これ、食べてどう思った……?」

私の味覚がおかしいのかもしれないと思い、彼女に聞いてみる。

すると彼女はこちらに椅子を引き寄せ、私の耳元で話す。

「あんまりおいしくない……」

「だ、だよね……」

期待していた味と違ったから、失望がすごい。

写真撮れないだけじゃなくて、美味《おい》しくないなんて罰までくれなくていいのに。

もったいないから全部食べようとは思うけど、この微妙な味が口の中に広がる度に嫌になる。

本当に、やることなすこと全部失敗する。なんなんだろう……。

「まぁでも、いつもメニューにあるチョコバナナとかは美味《おい》しいんだよ？」

「そうなの？」

「そうだよ。だから、また今度食べに来なよ」

分かったと頷《うなず》きながら、クレープを食べ進める。

ソースの味は微妙だけど、生地は美味しい。

彼女の言うように、チョコバナナだったら全部美味しく食べられるだろう。っていうか、チョコバナナで失敗することのほうが難しいんじゃ……？

二人とも微妙な顔をしながらも、なんとか食べ終わった。

綺麗《きれい》な柄の、ビリビリになった包み紙が後に残る。

口の中がようやく落ち着いてきた時、彼女のほうを向いた。

彼女は振り向いた私の顔を見て、やや控えめに笑う。

「今度来る時は、制服じゃないほうがいいと思うけど」

「それは」

何気なく発されただろう言葉に、私は言葉を詰まらせる。

その通りだ。

何も言われなかったとしても、誰もが不思議には思っていたはず。

「うん……」

ただただ、頷くことしか出来ない。

「今日は何で、制服なのか聞いてもいい？」

「なんで、って……」

降りるはずの駅で降りなかったから、ここにいる。

それは、あまり話したくはないことだ。

自分でもアホっぽいと思うことを、他の人がそう思わないわけがない。

自分から話しかけたはずなのに、自分から上手《うま》く言葉をかけることが出来ない。詰まってしまうというか、何と話しかけたらいいのか分からないっていうか……。

同じような状況でも、ナナとならしっかりと話せてたのに。あれは一体なんだったんだろう？

「無理に話さなくてもいいよ。私も一番初めにクレープ買った時は、制服だったからさ」

「え……？」

思いもよらない言葉に、驚いてしまう。

同じような境遇の人がいただなんて。

やっぱり呟《つぶや》きに共感する以上、何か似通ったところがあるんだろうか。

「私はここの近くに家があるんだけど、その日は学校に行きたくなくてさ。それで時間ギリギリまでSNS見てたら、ここにクレープ屋さんが来るって情報を見つけるじゃん？

もう行くしか！って思ったから、制服着て学校に行くフリして来たんだよね」

「こ、行動力がすごい……」

ひたすら笑って話しているのでなんでもないことみたいに思えるけど、学校をサボってまでクレープを食べたいという願いを優先させたということだ。

いくら学校に行きたくなかったとしてもそんなことを私が出来るとは思わないから、素直に感心する。

「でしょ？　私もそれ思った」

「……キッチンカーは、その時もあの場所にあったの？」

違う。聞きたいことは、そんなことじゃない。

「そうだよ。ここテーブルがあるからさ、多分それも考えてあそこなんだと思う」

「なるほど……」

聞きたいことじゃなかったから、それ以上深掘り出来ない。

ここにキッチンカーが来ている理由なんて、それ以外に考えられないし……。

再び沈黙が訪れる。さっきはクレープを食べていたから気まずさはなかったけど、何もない今はすごく気まずく感じてしまう。

彼女は全然動く気配がないけれど……私は聞けないなら聞けないで、早く駅に戻ればいいのに。今回のクレープには満足しなかったけれど、どうせもうお小遣いもないから出来ることなんてほとんどないのだ。

　もうここにいる理由もないし、帰るしかない。

　質問だって答えてくれるかどうかはともかくとして、アカウントが分かってる以上は帰ってからそこで聞いてもいいはずだ。

　どうして、どうしても今聞かなきゃいけないと思ってしまうんだろう。

　私の中で、よく分からないものがくすぶっている。それをそのままにして帰ってしまえば、絶対に後悔するような気がした。これ以上良くない選択肢を、選びたくはない。

「……学校に行きたくない理由って、なんだったの？」

　だから私は、思いきって問いかけてみた。思いきり過ぎて声が裏返ってしまったけれど、そんなことどうだっていい。

　気にしてしまうと、何も耳に入ってこなくなる気がした。

　せっかく勇気を振り絞って聞いたのにそれじゃあ、あまりにも意味がない。

　そんな私の思惑など知らない目の前の彼女は、ナナみたいな笑みを浮かべた。

「あ、それ聞いちゃう？」

　聞かれると分かってました、みたいな笑みだ。意地悪さを感じる。

「どうしよっかなー」

「え……」

このままだと答えてくれなそうな雰囲気がある。

それだと困るから、教えてと念押しをする。

「何で制服着てるのか答えてくれなかったからなぁ……？」

けれど彼女は、そんなことを言う。

「あ」

確かにそれもそうだ。さっきまでのやり取りのことを、全然踏まえてなかった。

私は彼女の質問に答えてないのに、彼女には私の質問に答えてほしいと思うのは、わがままかもしれない。

そう思うと勇気を振り絞ったことの恥ずかしさから何かが込み上げ、気持ち悪くなってきた。

自分の浅ましさが、一番気持ち悪いけど……。

「そ、そんなヤバい顔しないで⁉」

「大丈夫……」

ヤバい顔って、どんなのだろう……。

隣にいた彼女が、私に近寄って心配してくれる。

そんなに酷《ひど》い顔してるのかな……？

「大丈夫⁉　お茶とかある⁉」

「ある……」

家から持ってきている水筒を取り出し、お茶を飲む。

クリームとソースの味が残っていた口の中が、お茶でさっぱりとする。それだけで、だいぶ気持ちの悪さが半減した。

もしかするとクリームが多いのが微妙だと思ってしまう原因だったのかも……。

うーん、どうだろう？

やっぱりよく分からない。

「そんな顔されるとは思わなかった。……やっぱり私って、あんまり変われてないんだなあ……」

私が落ち着いたのを見た彼女が、ため息をつく。

今まで明るい顔をしていた彼女が急に暗い顔になったから、すごく驚いた。

こんな暗い顔、するんだ……。

いや、暗い顔に対する驚き自体はなかった。むしろこちらのほうが、アカウントを見ていた頃のイメージとつり合っている。

それに、その姿にどこか安心する自分もいた。

「私が学校に行きたくなかったのは、求愛性少女症候群になってしまったからなんだよ」

「症候群に？」

「うん。私の症候群は、触った人の体調を悪くさせるものなんだ」

「そうなんだ……」

それは、私と対照的な症状だった。

そんな症状もあるのかと、頷《うなず》きながら話を聞く。

「元から友達が多いほうじゃなかったんだけど、そのせいでどんどん皆が私から離れちゃってさ……ほとんど誰とも話さないようになっちゃったのに、行く意味があるのか分からなくなっちゃって」

「……それは、つらかったね」

想像すれば彼女の状況がつらいと分かったけど、それ以上の感想が出てこなかった。

だからありきたりな言葉しかかけられなかったけど、彼女はありがとうと返してくれた。

更に、話は続く。

「だから、その時は学校に行かないで衝動的にここに来たんだけど……並びながら、何で制服のまま来ちゃったんだろう！ってすごい考えちゃったんだよね。外にいるだけならまだしも、クレープ屋さんの前に並んでたら何も言い訳できないし、嫌だなって思って……」

同じような気持ちになったから、よく分かる。

「帰ろうとしたんだけど、帰っても怒られるだけだと思うと、中々動けなかったんだよね。それでしばらく遠くから見てたんだけど……それに気付いたクレープ屋さんのほうから声をかけてくれたんだよ」

「そうなんだ、すごいね……！」

「うん、すごい」

もしかしたら私の場合もしばらく立っていたら、声をかけられたんだろうか。

今となっては分からないけれど、彼女の話を聞く限りではその可能性はある。

「制服に対しても何も言われないし。でしょ？」

「うん、そうみたいだね」

「多分それは私がお客さんになるかもしれないっていう打算によるものなんだろうけど
……それでもその時の私にとってフラットに接してくれる人って、すごく貴重に思えたんだ」

フラットに、か。

「……なるほど」

色々な情報がない中で接してくれるんなら、そうなるんだろう。

「だから今日も、学校サボって来てる」

「え！」

そこでようやく、彼女はさっきまでと同じような笑みを向けてくれた。

「後ろにいる制服姿が気になってたから、そっちから先に声をかけてくれて良かったよ。

フォロワーだったっていうのには驚いたけど」

よく喋《しゃべ》る彼女は、さらに続ける。

「高校生くらいまでは学校と家がすべてだから分かりづらいけど……いつか大丈夫になるから！　頑張ろう！　私も頑張る！」

すごく曖昧な言葉だったけれど、自然と私も同じ気持ちになれた。

なんでだろう……？

私と似た感性を持ちながらも、頑張ろうと思える姿勢に胸を打たれたのかもしれない。

「私も、頑張ります。とりあえず、家に帰って両親に謝るところから始めようと思います」

「一番大変なやつじゃん。でも、応援する！」

「ありがとう。……それじゃあ、また」

また会うかは分からないけれど、そう言ったほうがいいかなと思って言ってみた。

彼女のほうはそんなこと言われると思ってなかったのか、一瞬だけ目を見開いて驚いた後に笑ってくれた。

「うん！　また！」

大きな声に押し出されるように、私は駅のほうに戻って行った。

○

頑張るとは宣言したけれど、実際に帰って謝るというのはとても怖いことだ。

もしかしたら大事になってたりするのかな……？

いやいや、担任はサボりだって判断したんだから、私の家に電話かけたりしてないはずだし、大丈夫だと思いたい。

帰ると、お母さんの靴だけが置かれてあった。

まだお昼だからだろう。今日の仕事は夕方からだって言っていた気がするし。

弟と父は流石《さすが》にいなかった。

「ただいま」

お母さんは、リビングにあるソファに座って本を読んでいた。

「おかえり、早かったね。早退？」

「えっと……違くて」

そのまま早退だと言ってしまうのは『頑張る』というのに反していると思ったから、否定する。

けれど素直に言うのも難しくて、しばらく無言になってしまう。

「ごめん……駅で降り忘れて、終点まで行っちゃった」

無言の沈黙が嫌になり、言ってしまった。

「そっか」

お母さんは、それ以上何も言わなかった。

怒られると思っていたのに、そんな素振りも見せない。

どころか、どこか穏やかな表情になったような気がする。どうしてなんだろう。

お母さんの考えることは分からない。

「終点、何があった？」

「……クレープ屋さん」

「食べた？」

「食べた」

「美味《おい》しかった？」

「あんまり。でも、他の味は美味しいらしい」

「そう。じゃあ、今度家族皆で行ってみようか」

急な提案に、すごく驚く。それも良いかもしれないと思ったけど、一瞬で我に返った。

「家族で行くのは、ちょっと」

女性が主に並んでいる列に、お父さんとか弟とかが混じっているのは恥ずかしい。

「そう。じゃあ、また気が向いたら行きなさいな」

そう言われても、行くお金も買うお金もない。

行きなさいと言うからにはくれるのかもしれないと思い、手を差し出す。

「……何、その手？」

「お小遣い……」

「それは、今度まで待ちなさい」

現実は甘くなかった。

だけど、それでいいような気もした。

すぐに行けるのは、なんか違うっていうか。頑張った先にあるからこそ輝くっていうか。

「うう……はーい」

お母さんが視線を本に戻したのを見計らって、私は部屋に戻る。

今度のお小遣いまで、あと何日だったかな。

それまでお菓子とかも、我慢しなくちゃなぁ……。

美味しいクレープが、早く食べたいなぁ。

○

翌日には、きちんといつもの駅で降りることが出来た。

一つ前の駅からスマートフォンをリュックサックに入れてまで気を張っていたから、駅から出た時には大きなため息が出てしまった。

学校はまだこれからだっていうのに、既に疲労感がすごい。

スマートフォンをいじっていればすぐだから、何もしていない時間が本当に苦痛だった。

それに昨日出来なかった小テスト代わりの課題とか、受け取れなかった課題をしなければならないと考えると憂鬱になる。ならないわけがない。

このまま帰ってしまいたい……。

けど、そんなわけにはいかない。

今日も休んだら、今以上に学校へ行くことが億劫《おっくう》になる気がする。

それに普段からしょっちゅう嫌な授業をサボっている私は、これ以上学校をサボるわけにはいかないはずだ。最悪の場合、進級出来なくなるかもしれないし……サボりでの高校留年なんて、その先の進路に大きな影響が出るのは間違いないよね。

というか、ただでさえ面倒な高校生活が延長してしまうのは困る。

親にも、なんて言われるか。

このまま帰るほうが、後々あり得ないくらい面倒くさくなる！

行かなきゃ……！

その思いを強めることで、私は重い足をなんとか動かして学校に向かう。

いつも通っている駅から学校までの道を歩きながら……なんだか、道が長いように感じる。この感覚は、一体なんなんだろう。私の学校に行きたくないという思いが、そのまま歩きに反映されてるからなんだろうか。

だとしたらこの道は、本来もっと短いのかもしれない。今日は特別だけど、普段から多少なりとも行きたくないと思っているから。

でも、それが高校生としての普通だろう。よく今日は来たくなかったみたいな話をしているのが聞こえてくるし。

そんなことを考えていたら、昇降口についていた。靴を履き替えて、教室に向かう。

教室につくと、私の机の前に相沢《あいざわ》さんと田中《たなか》さんがいた。

「おはよう！　良かった！　本当に無事だ！」

私を見た相沢さんの顔が、安心したように笑顔になる。

昨日の夜、寝る前まで心配してくるメッセージに返していたっていうのに、まだ安心していなかったらしい。

目の下に隈《くま》はないから、眠れなかったわけではないんだろう。

もしも寝れてなかったら、私が抱える罪悪感がすごかっただろうから、そこは良かった。

「おはよう。メッセージの通り、無事だよ」

「それでも心配だったんだよー！」

もはや抱きついてきそうな距離まで近づいてくる相沢さんから離れつつ、田中さんに視線で助けを求める。

「そ、そっか。それはごめんね。……田中《たなか》さんも、おはよう」

「おはよ」

私の視線に気付いたのか、田中さんが相沢《あいざわ》さんの腕を掴《つか》んで自分のほうに引き寄せてくれた。

痛くならないかもしれないと思っても、人と触れるという行為自体が今の私は少し怖い。

その先のことまで、考えてしまう……。

反射的に押しのけてしまって、この輪から外されたらどうしよう、とか。

「……本当はこの子、駅まで行きたかったらしいんだけど、朝の通勤ラッシュ時に行くのは絶対に迷惑になるからやめさせておいた」

「ああ……ありがとう」

駅についた時、ちょっとだけそんなことを思ってはいた。

相沢さんのことだから、駅まで迎えに来てるんじゃないかって……。

考えていたのは事実だとしても、止めてくれていたなら良かった。

駅だったら、周りの視線が気になってさっき以上に帰りたくなっていたかもしれないし。

「昇降口もダメって言われたから、ここで待ってたんだよ」

「当たり前だろ。混み具合と狭さの割合でいったら、昇降口のほうが迷惑になるくらいなんだから」

そのまま二人は、言い争いのようなものを始めてしまった。

うーん……？

なんだかちょっと、違和感がある。

二人での言い争いなんて、珍しいからかもしれない。

いつもなら田中さんが面倒くさがって引き下がるはずなのに、どうしたんだろう？

「……なんか今日の田中さん、いつもより当たりが強い？」

私の言葉に、田中さんの動きが止まった。

いかにも図星って感じがするけど、相沢さんと違って表情が変わらないから分からない。

「そんなことない。いつもと一緒」

そう言って田中さんは、私から顔を背けてしまった。

もしかして、怒らせちゃったのかな……？

「ううん、そんなことあるよ。だって私と同じくらい、ルルちゃんのこと心配してたもんねー」

「え？」

「言わなくていいって言ったのに！」

反対側を向いていた田中さんの顔が、一瞬にしてこちらに向けられる。

そのまま、相沢さんに詰め寄った。

一瞬だけ見えた表情には、怒りとちょっとの恥じらいが見えたような気がする。

彼女の手が、相沢《あいざわ》さんの口に伸びる。口を横に開いて、伸ばしている……。

小学生みたいな手口だけど、やられたら痛そうだ。

「いふぁいいふぁい！」

「その感じだと、全然痛そうに聞こえない」

「いふぁいよ！」

田中《たなか》さんも、心配してくれてたんだ。

そう思うと驚きと嬉《うれ》しさがこみ上げてくるけれど、目の前で繰り広げられる光景がシュールすぎて何とも言えない感情になる。感動のあまりすごく友情を感じてても、おかしくないのになぁ……。

まぁきっと、このくらいの関係性が私にとっては気が楽なんだろう。

実際、気は楽だ。

ただ、そろそろ相沢さんの口が心配になってくる。

「田中さん、そこまでにしてあげたら……？」

そう声をかけると、ようやく田中さんは相沢さんから手を離した。離されたところが、やや赤くなっている。

「痛いよ！　もう！」

「言わなくていいことを言うほうが悪い」

「もう！　照れ屋さんなんだから……」

「別にそんなんじゃない！」

再び手が口に伸びるのを、二人の間に入って止める。

「そろそろHR始まるし、席につかない？」

私の提案に田中さんは、渋々手を伸ばすのをやめた。

そのまま、自分の席に戻っていく。

それに安心したらしい相沢さんが、大きなため息をついた。

「ありがとう、止めてくれて」

「どういたしまして……？」

「あ、そうそう」

そのまま席に戻るかと思ったけど、彼女は足を止めて私のほうに近づいてきた。

「私もあの子も、心配してたのは事実だからね」

そう相沢さんに、耳打ちされる。

「ありがとう」

そんなに心配しなくてもいいのに、とは言えなかった。

◆エピローグ

四限目が終わって、昼休みになった。

いつもなら落ち着けるところだけど、今日はそういうわけにもいかない。提出する課題を、集めて職員室に持って行かなきゃならないからだ。四限目が終わってからすぐにって言ってたから、今がそのタイミングだろう。

変則的で面倒くさいけど、持って行かないと怒られるし……やらなきゃいけない。

まだ私に預けてない人もいるみたいだけど、それは気にしないでいいだろう。

でも、いつもお昼を一緒に食べている相沢《あいざわ》さんたちに、なんて言えばいいんだろう。

『先に行ってて』とかでいいのかな?

だとしても、後で合流するのってすごく気まずいだろうなぁ。

二人とも、私がいない間にご飯食べ終わってるだろうし。

二人が食べ終わっている中で私だけがご飯を食べるっていうのは、すごく気まずそうだ。

私がその場に居づらくなる未来が、もう目に見えている。

かといって、教室とかで一人で食べるのはもちろん嫌だ。

一人でなんて、周りになんて思われるか分からない。

結局合流するしかないのが、余計に嫌になってくる。逃げ場がない……。

「持って行くの、手伝おうか？」

そうこう思っていたら、相沢さんが私のところに来ていた。

心配そうに、そう言ってくれる。

私の不安そうな表情が、一人で持って行けるか分からないからだと思われたらしい。

人数は多いとはいえ薄い冊子が一冊ずつだから、なんとか一人で持って行ける。

というか、大体いつも持って行っている。それなのに今日だけ二人して持って行くのは、どう考えても変だろう。

「大丈夫、一人で持って行けるよ」

だから、断っておく。

相沢さんは心配そうな顔をしていたけれど、分かったと頷《うなず》いてくれた。

「なら、先に行ってるね」

その言葉を相沢さんのほうから言ってくれたことに、内心で安堵《あんど》する。

「うん、分かった。後で行くね」

「待ってるからね」

手を振ってくる相沢さんに手を振り返しつつ、彼女が田中《たなか》さんと一緒に教室を出て行くのを見届ける。

……そうこうしている間に私の机の上にある冊子の束の上に一冊置いて行く人がいたけど、一体いつ終わらせたんだろう。もしかして、授業の合間とか……？

そこまでするくらいなら、家でやってくればいいのに。

まぁでも、預けてくれるんならそれに越したことはない。深くは考えないでおこう。その人の成績とか評点なんて知らないし！

そこで区切りをつけ、冊子を持って職員室に行く。

今学校に来たばかりという先生に提出して、職員室を出る。

職員室はやっぱり、入るのも出るのも緊張する……。二人だったら、この緊張感も半分くらいになったんだろうか。

いやいや、そんなこと考えたってしょうがないし。

そのまま一度教室に戻りお弁当の入ったバッグを手にして、いつもの場所に向かう。

空き教室の一つであるいつもの場所に向かう階段を上ってる時、かすかながらも二人の声が聞こえてきた。

「そっかー……いつの間にか、そんな風になってたんだ。大変だね」

「そうなんだよね。すごく困る」

二人の声は、いつもの雰囲気ではなく、ただならぬ雰囲気を感じさせるものだった。

なんだか今入るのはいけないことのように思えて、教室に入らずに廊下で足を止める。

二人に見つからないように、出来るだけ汚くないところを選んで壁に寄りかかった。

中で二人が何を話しているのか、すごく気になる……。

こんな雰囲気の二人には、今まで遭遇したことがない。

だから余計に、聞きたくなってしまう。

もしかしたら、私の悪口かもしれないし……。

そうだったら、今後のことをしっかり考えなくちゃ。

別のグループなんて、今更入れないだろうけど……。

どうなのか不安を感じながらも、好奇心のほうが上回って聞き耳をたてる。

「この前見かけた時は、そんな風に見えなかったけどなぁ」

「外用の仮面を被《かぶ》るのが上手《うま》いんだよ。だから、家族以外には分かってもらえてない」

外用の仮面を被るのが上手い？　家族以外……？

「通知表とか見せてもらったことあるんだけど、家でのアイツの姿を知ってるから別人のこと書いてるのかと思ったくらいだよホント……」

そこでようやく、田中《たなか》さんは家族の話をしているんだと分かった。

ひとまず、私の悪口じゃなくて良かった。

ため息を出すと気付かれてしまうかもしれないから、出そうになったけど堪《こら》える。

ここで入っていけばいいんだろうけど……そうはしなかった。

それよりも、田中《たなか》さんの身になにが起こっているのか気になってしまう。

普段はあまり自分から話さないタイプだから、家族構成すらよく分からない。通知表を配られるくらいだから、学生、つまり兄弟か誰かの話だろう。そういえば、お兄さんがいるって言ってたっけ？

もしかしたら、その人についての話なのかもしれない。

気付かれないように息を整えながら、続きを待つ。

「そういう問題もあるのかぁ。兄弟がいるっていうのも大変なんだね」

「ウチのが異常に手間がかかるだけだよ」

「そうなの？」

「だってウチの母親すら下手なこと言えないからって、黙認してるんだよ？　そんなことある？」

「いやでも、そのくらいの男子なら力でねじ伏せることも出来るじゃない？　それが怖くて、そうなっちゃうんじゃないかな」

「う」

「そう思うと、仕方ない気がしない？」

「……それは、そうなんだけどさ」

田中さんが、相沢《あいざわ》さんの言葉で口ごもってる……!?

こんなことってあるんだ。いつもと立場が逆になってる。

すごく新鮮だ。

驚きに、心臓がうるさくなってくる。落ち着け、私の心臓。

……あ、あんまり落ち着きすぎても困るから、ほどほどにね。

「外用の仮面を被《かぶ》るのが上手《うま》いってことは、その態度が本当はいけないことって本人も分かってるんだよ。だから多分、一時的なことだと私は思うな」

相沢さんにしては真剣な返答に、また内心で驚かされる。それにいつもと同じ穏やかな口調で語られるものだから、なんとなく説得力もあるような気がする。

「だといいんだけどさ」

「とか言いながら、そうだって信じてるでしょ？」

相沢さんがかすかに笑っているように思える。

それにまた言葉を上手く返せない田中さんもいることが、見えないけどなんとなく分かった。

「……もちろん、信じてるよ。大切な弟のことだし」

そこでようやく、弟さんのことなんだっていうのが分かった。弟さんもいるんだ。

そう言われてみると、田中さんはお姉さんらしいような気がしてくる。今は違うけど、普段は相沢さんのお姉さんみたいなものだし。

あんな感じで、実の弟さんにも接しているのかな。

「話せて良かったよ、ありがとう」

「どういたしまして！」

田中《たなか》さんの悩み相談は、一区切りついたようだ。

良い感じのところに着地したようなので、私も安心した。

けど、そっか。みんなそれぞれ、違う悩みを抱えているんだ。

それは当たり前のことだけど、普段はどうしても忘れてしまいがちなこと。

いつもいつも自分だけが大きな不幸にあっているような気がして、たまらなく孤独を感じてしまう。

だけどこうやって実際に聞いてみると、ようやく実感する。

悩みの大小はあれど、ほとんどの人が日々なにかしらで悩んでるんだって……。

悩みだけじゃなくて、本人が抱えられる問題にも個人差があるから、見えづらかったりするだけだ。

田中さんはきっと、私よりも許容量が大きいんだろう。だから今まで、分からなかったんだ。相沢《あいざわ》さんも大きいから、分からないだけなんだろう。

……この会話は聞いちゃいけなかったかもしれないから、そんなことを実感している場合じゃないのかもしれないけど。

いやいや、聞いてしまったものは仕方がない。

これは事故だったということにしておこう。うん。

「そういえば、ルルちゃん遅いね」

そんなことを思っていたら、私の名前が呼ばれてしまった。肩がビクリと震える。

「先生につかまってるんじゃない？」

「そうかも。だとしたら心配だなぁ……下手したらお昼食べる時間、なくなっちゃうかもしれないし。やっぱりついて行けば良かったかも」

「行かなかったのがむしろ不思議なんだけど」

「だよね……。今からでも遅くないかな？」

そんな話が始まったところで、私は急いで教室に入った。

いかにも今来ましたよ、という風を装う。

「お、お待たせー……」

装えているか分からないけど、それでも装う……！

あれ、そもそも入ってくる時の言葉は『お待たせ』で良かったのかな!?

咄嗟《とっさ》に出てきたのがそれだっただけで、何だか違う気もする……！

「あ、ルルちゃんだ！　おかえりー」

「た、ただいま」

どうやらただいまのほうが、この場合には合っていたようだ。

「先生につかまってたの？　なんかちょっと疲れて見える」

そう見えるのはきっと、見つからないように隠れていたせいだろう。

慣れないことは、するものじゃない。

けど、バレてないのは好都合なのでそういうことにしておこう。

「う、うん。そうなんだよねー……ん？」

そこでふと気が付いた。

二人とも、ご飯を食べた形跡が見当たらない。ただ単に、もう片付けただけなのかな。

それにしては綺麗《きれい》すぎるというか、何のにおいもしないような？

「さぁ、食べよう食べようー」

「お腹空《なかす》いた」

そう言って二人は、バッグを開いてお弁当を取り出す。

「え？」

私は、さっきよりも大きく驚いた。

だって、そんなことって。

「ま、まさか……待っててくれたの？」

「うん。だって、私たちが食べたらルルちゃんが一人で食べなきゃじゃん。ね？」

「それだと、どっちも気まずくなるし」

「た、確かにそうだけど……」

だとしても、待ってくれるだなんて思いもしなかった。

私なら、待っていられる自信がない。

さっきは好奇心が勝ったから入らなかったけど、くだらない話をしていたらすぐに入っていただろうと思うくらいだ。

だから、待っていてくれた二人のことをすごいと思う。

「ありがとう」

「どういたしまして！」

笑ってくれる相沢《あいざわ》さんに安心しながら、私もお弁当を取り出した。

いただきますと手を合わせて食べ始める。

「そういえばさ！」

楽しそうに話し始めた相沢さんの話をぼんやりと聞きながら、色々なことを考える。

毎日の授業、人間関係、テスト……毎日毎日、悩みは尽きない。

けれど、現実に生きる人たちも、SNS上にいる人たちも、常に悩みを抱えて生きているんだ。何があっても、日々を生きてる。

日々生きている中で、自分と同じように孤独を感じ、同じ孤独を理解してくれる人がいるかもしれない。

この前の、クレープ屋さんで出会った人みたいに。

その人の言葉で、ちょっとは頑張ってみようと思うことだってある。

また行けば、会えるかな。

もちろん裏アカで繋《つな》がってはいるけど、あの時にしかしっかり話してないし。もっと話してみたい気持ちが、ちょっとある。

でもこの前の場所は遠いから、難しいかも。

それでも、あのキッチンカーで売られてる美味《おい》しいクレープは絶対に食べてみたいな……。近くに来ないか、後で調べてみよう。

あの場所に行くのは、お小遣いに余裕が出来てからでもいいや。

「ルルちゃんもそう思わない？」

「え、あ、聞いてなかった。ごめん！」

私に良くしてくれている二人の話をあんまり聞いていない自分に対して、心の中で「めっ」と呟《つぶや》いた。

あとがき

はじめましての方ははじめまして。

お久しぶりの方はお久しぶりです。城崎《しろさき》と申します。

この度は『ベノム2』を読んでいただき、誠にありがとうございます。これから読まれる方は、何卒《なにとぞ》よろしくお願いします。

一ページの後書きを書くのは初めてなので、実績解除した気分です。

反対に二ページを超える後書きはもはや何を書けば分からないので、その辺は解除出来ない実績になるかもしれません。でもまぁ、世の中には解除出来ない実績のほうが多いのでそこまで悲観しなくてもいい気がしますね。……こんなことを書いておきながら、次回以降で二ページ以上の後書きを書いていたら笑ってください。

それでは続いて謝辞を。

担当のMさん。かいりきベアさん。のうさん。そしてこの本に関わっていただいたすべての方々に、心からの感謝を申し上げます。本当にありがとうございます。

それでは、また機会がありましたらお会いしましょう。

MF文庫J

ベノム 2
求愛性少女症候群

2021 年 11 月 25 日　初版発行
2022 年 7 月 15 日　7 版発行

著者　城崎
原作・監修　かいりきベア
発行者　青柳昌行
発行　株式会社 KADOKAWA
〒 102-8177 東京都千代田区富士見 2-13-3
0570-002-301（ナビダイヤル）
印刷　株式会社広済堂ネクスト
製本　株式会社広済堂ネクスト

Printed in Japan　ISBN 978-4-04-680910-0 C0193